Tres razones para matar la sombra

Salvum me fac ex Deo Ordinum

Trata de las peripecias que pasaron Cristina y Ubaldo desde que se juntaron y de quiénes eran sus hijos e hijas.

Prometía un soleado día de abril, cuando a las seis de la mañana Cristina Delgado empezó a hacer trochas con su consorte, hasta crear lo que llegó a ser El Cajón, la finca que varios años más tarde venderían a Rigo Lacayo, la mente que, junto a Rafael Amado Eulogio, planeó la muerte de Gustavo Moncada Cisneros.

La montaña se iba desperezando, quitándose lentamente el rocío, al tiempo que se descubría el canto de pajarillos, ocultos entre el follaje.

El zumbido de abejas y el sonido de una legión de zancudos se confundían, mientras los jóvenes esposos ampliaban el caminito usado por los animales en la montaña. Y es que Cristina y Ubaldo se guiaron por los trillos que dejaban los venados, también siguieron trillos de cariblancos, saínos que tienen la parte inferior de la cara y el hocico blanco.

Al tercer día de haber empezado esta tarea, se encontraron con una piara de casi treinta cariblancos. Iba Ubaldo adelante, abriendo la montaña, derribando pequeños arbustos, cuando escuchó los chasquidos y gruñidos.

Le gritó a Cristina que se subiera a un árbol porque esos animales eran capaces de destazar a un perro y no era el primer monteador que habían cortado.

No habían terminado de encontrar dónde subirse, cuando ya tenían los animales encima. Ubaldo apartó al guía con un largo garrote que llevaba, mientras Cristina encontró una enorme piedra donde subirse. Como pudo Ubaldo la siguió, pero ya llevaba una cortada en la pierna derecha.

--Si *juéramos* traído el perro nos *juera avisao* --dijo el hombre-- cuando ya estaba arriba--.

--Pero lo *jueran destazao* esos animales --contestó Cristina--.

Ahí se tuvieron que quedar durante tres horas. Al principio los animales rondaban la piedra gruñendo y chasqueando, hasta que se cansaron y empezaron a buscar alimento entre la maleza; sin embargo, quedaron dos vigías que rondaban de vez en cuando la piedra.

Hubo un momento en que algunos se acostaron y por lo menos ocho crías buscaron refugio entre el calor de sus mayores, pues empezaba a caer una lluvia pertinaz.

Cristina le apretaba la herida a Ubaldo para que no siguiera sangrando, después tuvo que romper su deshilachada blusa para hacerle un torniquete en la parte superior de la rodilla.

--No --le dijo Ubaldo, después de un rato-- me está doliendo mucho la pierna. Mejor me amarrás la herida y así lo hizo su mujer.

--Comamos algo de estos atadillos – recomendó Cristina--.

Ella se había levantado desde las cuatro a hacer un pinto y cocer unos guineos. La siguió Ubaldo más para acompañarla que para ayudarle en la cocina.

Eso era cosa de mujeres, aun así, fue al río a traer una tinaja de agua, después al pequeño *chagüital* para cortar unas hojas de plátano.

--*Cuidao* con una sinceja –le gritó Cristina-- cuando Ubaldo ya iba por el patio.

Al regresar traía una cuadrada al hombro y dos largas hojas de plátano. Cristina las pasó por el fogón, *pa'* quitarle el tierno, argumentaba. Luego les sacó las venas a las hojas y ya estaban listas para envolver el pinto y los guineos cocidos.

Aún no había gallinas, así que no tendrían huevo para arrimarle al pinto.

--Tal vez nos traemos un cusuco, Cristina, *pa'* acompañar el arroz y los frijoles.

--Cuestión de sacar el tiempo, Ubaldo, con eso descansamos de la picada.

Deducía Ubaldo que eran las dos de la tarde, el sol no se veía a través de la montaña. En ese momento, los cariblancos se levantaron nerviosos pues los vigías algo sintieron, quizá algún depredador. Empezaron a caminar en dirección opuesta al viento, volteándose por grupos, devolviéndose en ocasiones, hasta que se perdieron en la maleza.

Cristina sacó del canasto, que le había hecho Ubaldo con bejucos, los atadillos de hoja de plátano y empezaron a comerse ese arroz con frijoles y guineos, que les supieron a gloria.

Cuando Ubaldo y Cristina constataron que ya los cariblancos se habían ido del todo, bajaron de la piedra y empezaron a andar hacia la choza, que un mes atrás habían construido.

Sus pies descalzos resbalaban en las imperfecciones del camino. El machete en la mano era un peligro latente.

--Dame el machete Ubaldo. ¿Seguís sangrando? –Le preguntó Cristina--.

--No y ya no me duele la pata.

--Ahora te llego a moler unas hojas que te harán bien.

Cristina cargaba una cultura ancestral, conocedora de la medicina y lo primero que hizo después de que terminaron de construir su rancha, fue buscar y sembrar la mayor cantidad de plantas que le sirvieran para casi cualquier padecimiento: infecciones, dolores musculares, artritis, dolor de estómago, hemorragias de todo tipo. Solo la muerte no se puede curar, decía.

Así, consiguió romero, dormilona, uña de gato, salvia virgen, culantro coyote, zacate limón, guarumo, hierba buena, frailecillo, cucaracha, guayaba, juanilama. Sembró naranjos agrios, limones y cuanto pudo porque sabía que todos le servirían para salvar a los hijos e hijas que tendría.

--No salgás mañana --le recomendó Cristina--.

--Si *juéramos* tenido un fusil, estaríamos comiendo cariblanco. Podría haber matado los que quisiera.

--Pero no tenemos Ubaldo, por eso comemos yuca y guineo.

--Voy a ir *onde* Remigio *pa'que* me preste el *balaú*.

Frente a la puerta de la rancha pasaban venados asustadizos. Una noche de luna llena siguió una venada con el machete, por si se enredaba en la empalizada que puso de trampa, pero desapareció de su vista. Cuando dio vuelta, escuchó un berreo, corrió hasta donde estaba el animalito atrapado y lo llevó a su rancha.

--¿Y de *ónde* vamos a coger la leche *pa'criarlo*? –Le reprochó Cristina--.

--Ya está grande Cristina. Le traeré retoñitos.

Le construyó un encierro con estacas dentro de la rancha y fue a buscar leche donde Remigio.

Se hizo grande el venado, le creció una cornamenta, se le cayó de tanto rascarse, le volvió a crecer, se volvió tan bravo que hasta los perros le temían, pero una noche llegó un jaguar a querérselo comer.

Los perros avisaron; para entonces Ubaldo tenía un fusil prestado, pero no fue posible salvarlo, el gato lo había herido de gravedad, entonces Ubaldo tuvo que matarlo.

--De por sí necesitaba una vaqueta. Y hay algo que me *dijieron*, Cristina: en el cuadrante están comprando cueros de *venao pa'* vender a otros países, dicen que los pagan muy bien y yo con este fusil haciendo nada.

Así comenzó Ubaldo a matar hasta tres venados por semana. Al principio le llevaba carne a sus vecinos, pero después les pidió que llegaran ellos a su casa. De esta manera empezó a recibir en su rancha dos gallinas, tres gallinas y un gallo, un chancho. Un día de tantos le dieron una ternera mota. Se le hicieron tantas gallinas que Pedro, su primer hijo, ya con cuatro años, andaba por todos lados buscando huevos porque algunas no querían poner en los nidos que le había hecho Ubaldo.

Poco tiempo después se hizo de un fusil minié 18 mm de los que se habían usado en la batalla de Rivas de 1856. Ubaldo se lo cambió a un soldado que desertó de las filas y logró llegar a Bagaces allá por 1857. El hombre lo tuvo durante casi treinta años hasta que Ubaldo le dio dos vacas y una chancha habilitada.

Cuando salía para Bagaces con los cueros, también llevaba carne fresca, que vendía en las cantinas y las carnicerías.

Cristina salía sola a hacer quemas para sembrar maíz, yuca, arroz y cuando había que derribar la montaña salían juntos. A veces su esposo se desprendía del hacha o el machete y se internaba un poco en la montaña.

--Quedate aquí –le decía— voy por un *venao*. No te vayás del limpio, no soltés los perros y dejate esa fogata hasta que vuelva.

--¿Y si no volvés Ubaldo? Recordá que estoy interesante y en menos de seis meses vendrá tu hijo. Recordá que a los perros los mata el tigre. Si vas a cazar, mejor me dejás en la choza.

--Voy a estar cerca, Cristina. Me quedaré en aquel aguadero, ahí vengo.

Los perros se quedaban con Cristina, ella jalando los mecates de cabuya que había forjado en trenza, ellos husmeando las cercanías del riachuelo.

Encendía una fogata para esperar a su Ubaldo con un venado de hasta ochenta kilos. Y como no podía quedarse quieta, empezaba a buscar plantas medicinales.

--Mmm, esta es cola de caballo. Necesitamos gavilana para este zancudero... cuando venga Ubaldo tengo que recordarle que busque hombre grande para ver si le aplaco esos pedos. Es que *jarta* este hombre...

Pero se alejaba del limpio y más allá de la quebrada podría ser peligroso el tigre o el león.

Se le iba el tiempo en estas reflexiones y búsquedas, hasta que lo veía salir de la montaña.

--¿Por qué no lo limpiás donde lo matás, Ubaldo? Le sacás las tripas y le quitás todo lo que no vendés. Así no cargás tanto.

--Vos sabés que sí Cristina.

Al mes de llevar cueros a Bagaces, ya no tenía que pedir prestada una yegua. Cambió la carne de dos venados por un caballo trotón, joven todavía pero mal amansado. Empezó a hacer vaquetas muy bonitas que también vendía a buen precio.

--Vamos a hacer el rezo de novenario por la muerte del *finao* Sagrario Jiménez, que Dios lo tenga en su Santa Gloria –le dijo su amigo Remigio--. ¿Por qué no me conseguís dos *venaos* y yo te los voy pagando con gallinas, con chanchos o granos?

--Dame un caballo, Remigio.

Con el tiempo elaboró sus propias albardas de cuero crudo, pues no solo llevaba carne de venado, sino alguna vaca que bajaba hasta Bagaces y destazaba ahí mismo para que no se maleara la carne.

Ya tenía un poco de ganado, bestias y suficientes chanchos y gallinas.

--No sigás en eso –le imploraba Cristina— que un día te va a matar un animal. Efectivamente, casi lo mata un jaguar por ir siguiendo un venado. Habían nacido, para entonces, tres de sus hijos y pensó que no valía la pena dejar a su Cristina sola.

Era la abuela Cristina una indiecita de baja estatura, de pelo lacio y largo, que usaba con dos trenzas; sus enaguas llegaban hasta los tobillos y el delantal no se lo quitaba, aunque no estuviera en la casa. No era de tez morena, como podría pensarse y tenía un carácter de los once mil demonios, que ni el mismo Ubaldo, con su metro ochenta y tres se atrevía a enfrentar.

Fruncía el ceño cada vez que estaba en desacuerdo con algo y ya su esposo sabía que no era ocasión para discutir porque podía amenazarlo con marcharse para siempre, dejándolo solo con hacienda e hijos. En una ocasión la contrarió Ubaldo y la tuvo que alcanzar porque se marchó con un motetito al hombro.

Su madre se la había ofrecido a los Ordóñez cuando tenía apenas seis años. Al cumplir los trece, la fueron a presentar y dos años más tarde ya tenía el primer hijo de Ubaldo Ordóñez Rodríguez. Lo nombraron Pedro, pero con el tiempo todos y todas lo conocieron como Papa Pepe.

Para la guerra de los Tinoco, llegaron unos militares a recoger hombres donde los abuelos Cristina y Ubaldo, me dijo Estebana.

Papa Ubaldo les ofreció dos yuntas de bueyes aperadas, con tal de que no se llevaran a ninguno de los muchachos. Los hombres después de tomar café y conferenciar con el abuelo, decidieron llevarse una yunta de bueyes y los dos muchachos mayores: Albán y Papa Pepe.

En ese tiempo todavía vivían en El Cajón, pero ya tenían otra finca, Las Ventanas.

Cuando la abuela Cristina se dio cuenta de que se llevaron a dos de sus hijos, se *cabrió* tanto que mandó a la mierda al papa Ubaldo.

--Uno muere, cabrón, antes de que le maten a sus hijos --le gritó la abuela Cristina-- y agarró sus chuicas, montó en la carreta a dos de sus hijos menores y se fue para Las Ventanas. Lo dejó ahí botado con todo el muchachero. Poco a poco se fueron los demás, primero Miguel, después Zoila, Pacífica y Úrsula.

Ubaldo quedó solo, entonces le vendió El Cajón al joven Rigo Lacayo, quien había llegado de Nicaragua, dicen que de Chontales.

Blas Pasos anduvo también en la guerra de los Tinoco con Albán y Papa Pepe. A los Pasos se les llevaron tres muchachos.

Estando allá en la refriega Albán se enfermó. No podía caminar, se le inflamaron los pies y estaba desnutrido, entonces decidieron escaparse porque ya se veía que no iban a ganar la guerra.

Desertaron un montón de muchachos, pero esos cinco nunca se separaron. Ahí andaban los Ordóñez con los Pasos en todas las fiestas y cuando había una gresca, si un Pasos estaba en problemas, ahí estaban los Ordóñez.

Cuando creció Ubaldío, se metió a *peliador* y como era tan grande y *juerte,* como su padre, no había quién le pusiera la mano encima. Al principio solo se oía, ábranle campo que viene un Ordóñez. Con el tiempo ya nadie quería *peliar* con Ubaldío porque le había quebrado la quijada a un hombre, a otro lo dejó dundo y hubo otro que al parecer murió un mes después de que ese muchacho lo dejara tendido en el suelo de un cachimbazo.

En esa época llegaban los batallones y si no se llevaban los muchachos, mataban chanchos, gallinas y a veces vacas o toretes y los freían ahí mismo. En algunas ocasiones se quedaban a dormir en los galerones, en las trojes o en los corredores de las fincas, pero a veces se llevaban muchachitas y las dejaban en los caminos todas golpeadas y andrajosas.

La abuela Cristina murió después de mamá. Cuando murió la abuela, ya había muerto el abuelo Ubaldo Ordóñez, entonces mi tío Miguel y mi tía Úrsula comenzaron a agarrar el ganado para venderlo. *Jue* lo mismo que hicieron Amado y Teodora al morir mamá, pero como mi tío Leonidas era tan *arrancao*, los *pelió*, casi los patea cuando se enteró. Luego vendió lo que sobraba.

Él no se había dado cuenta porque vivía en Aguas Claras y para dar una razón se necesitaban doce horas o más.

Después de que vendió el ganado, le buscó venta a la finca, seguro la malbarató y nos dio un poquito de esa herencia a mis cinco hermanos y a mí, que correspondía a la herencia de mamá: cincuenta colones para cada uno. Con lo que nos dio, uno se podía comprar una vaca, pero no se compraba una yunta de bueyes, esta podía costar hasta doscientos o trescientos pesos.

Placentino tuvo un alazán y un bayo, que vendió en trecientos pesos, pero eran bueyes muy grandes y bonitos.

Al murió mamá, Placentino solo sacó dos yuntas de bueyes, un caballo y dos yeguas porque el ganado tenía el fierro de Teodora, el de mamá y el de Amado, entonces no nos quedó nada. Yo tenía mi propio ganado, pero no tenía fierro, por eso nos quedamos arrimados a Juan Navarro en Salitral. Ahí llegó el padrino de mi hermano Placentino y nos dijo:

--¿Por qué ustedes están *arrimaos* aquí con tantos bienes que tienen? Blas Pasos está vendiendo una finca y me la da a pagos.

Entonces mi hermano *embancó* los bueyes, las bestias y unas vacas mías, como veinte animales en total y le pagó la mitad de El Valle a Blas Pasos. El resto se iría pagando poco a poco. Eso lo aprendió de mamá, ella trabajaba *embancada* para iniciar la siembra de frijoles, maíz y creo que hasta para hacer el trapiche, que había en la finca. Cuando a todos se les ocurría que iban a sembrar donde mi tío Leonidas, mamá *embancaba* ganado, un hato completo, tal vez treinta novillos.

Mamá le vendía las cosechas al chino Luis León, también los quesos. Todo lo que daba la finca iba parar donde el Chino.

Dos semanas antes de morir mamá, se casó Amado con Julia Pasos y se *jueron* para la Chuluteca. Ese terreno se los dio Pepe Figueres. *Jueron* tierras que le expropió a los Wilson, pero a Amado no le gustaba trabajar. Siempre vivió arrimado a mamá.

Para el 48 los militares le mataron tres chanchos a mamá y ahí mismo comieron, pidieron guineos cocidos, tortilla y se hartaron. Esos *jueron* los Mojicas, era un batallón que *peliaba* contra Pepe Figueres.

El capitán le dijo que entregara a los dos muchachos, Amado y Placentino o que le diera dos vacas gordas. Placentino estaba muy joven, tenía catorce años.

Pues mamá le contestó:

--Me va a disculpar señor, pero mis muchachos yo nos los cambio, llévese las vacas que quiera.

--Oigan muchachos. Vayan a agarrar tres de los mejores chanchos, que ya vamos a comer carne.

No eran tantos y no sabrían qué hacer con las vacas, así que sacaron tres chanchos del chiquero, ellos mismos los mataron, los guindaron y le pidieron agua caliente para pelarlos, me contó Pánfilo, la vez que me lo encontré en el camino de Jericó.

--Ya con más confianza --continuó-- pidieron guarapo o coyol y empezaron a freír los chanchos y a comer como descosidos. Pidieron café para toda la tropa y se *jueron*.

Allá, pegando con Santa Elena, la finca de Juana, se oyeron unos disparos. En la montaña los disparos se oyen a kilómetros. Nadie *jue* a ver qué había pasado, pero al día siguiente pasó un cristiano por la finca diciendo que esa tropa se había encontrado con una de Pepe Figueres y mataron a cuatro viejos, unos huyeron y al resto se los llevaron encañonados para Bagaces.

Los muertos estuvieron ahí dos días, hasta que unos hombres bajaron para darles santa sepultura. Ahí están esos muertos en el Camino de Jericó.

Indagando en documentos del siglo pasado, me enteré que, efectivamente, los habían emboscado cuando ya iban de regreso, alguien les dijo en Bagaces a los de Pepe, que Mojica había preguntado por Pacífica Ordóñez, que estaba interesado en hacerle una visita, que no era un asunto de liberales o reformistas.

Mamá era muy conocida en todo Bagaces, afirmaba Estebana con mucho orgullo, así que alguien les dio esa razón y subieron hacia El Zapote.

Cuando venían los de Mojica de regreso, bien comidos de chancho, antes de llegar al límite entre Santa Elena y la finca de mamá. Los de Pepe se atrincheraron detrás de unas piedras, muy cerca de donde seis años más tarde matarían a Moncada.

Yo fui a conocerla y constaté que era una vuelta propicia, forrada al lado derecho por un enorme muro de cascajo y al izquierdo, por breña infranqueable. Ahí los esperaron casi medio día.

--No desesperen muchachos --les decía el sargento Ramírez--. Guarden silencio, que estos cabrones ahorita pasan por aquí, no hay por dónde y les recuerdo que el que prenda un cigarro o un puro, lo llevo al paredón por alta traición. Recuerden que pone en peligro a toda la tropa.

Siguieron en silencio hasta que escucharon un mosaico de carcajadas y "se lo tenía merecido esta vieja porque ha estado ayudando la contrapartida", decía el capitán Rivas.

Al desembocar en la vuelta recibieron el primer *berringazo*, cayeron dos hombres y en el desconcierto unos corrieron guindo abajo y otros tiraron sus armas y se rindieron.

Quienes recuerdan a los hermanos Rivas, saben que no se iban a rendir (me dijo Pánfilo, que le había contado su abuelo) por lo que se enfrentaron poniendo el pecho de frente y ahí cayeron. El capitán fue el último en morir.

--Por lo menos morimos bien llenitos. ¡Viva...!

No había terminado la frase cuando le pegaron el tiro de gracia.

Mis abuelos Cristina Delgado y Ubaldo Ordóñez, me contaba Estebana, tuvieron muchos hijos: Pedro, conocido como Papa Pepe, Albán, Salvador,

Miguel, Placentino, Leonidas, conocido como Yondá, Ubaldío, que era el cumiche; Onofres, quien era retrasado mental; y cuatro hijas, Úrsula, Pacífica, Clara y Zoila Rosa, pero solo mis tíos Leonidas y Salvador apoyaron a mamá cuando quedó embarazada. A mis tíos Albán, Onofres y Placentino, no los conocí, ya habían muerto.

Como te había contado, mi tío Albán *jue* a la guerra de los Tinocos, allá por 1916, cuando mamá iba a tener a Juana.

Ubaldío, el cumiche de Cristina, *jue* de esos que los terminó matando una mujer. Se dice que tuvo sesenta y siete o sesenta y ocho hijos. Tuvo hijos en Las Juntas de Abangares con dos mujeres, en Cañas como con tres, en Bagaces como con cuatro y quién sabe con cuántas mujeres más.

Se narra la historia de cómo hicieron el santo de San Caralampio y de cómo en una de sus celebraciones mataron al sargento Antonio Núñez.

Cuando salió el cólera allá por 1856, la gente estaba asustada y años más tarde concluyeron que debían hacer un santo. Pues empezaron a buscar un tronco de guayacán o de roble para hacerlo y entonces se reunió un grupo de hombres y buscaron por los caminos, los charrales y las montañas un palo seco, con unas medidas especiales para esculpir el santo.

Claro que el cólera no se había desatado por todo Bagaces, pues desde ahí no habían salido muchos soldados para la Batalla de Rivas. Entonces a Bagaces llegó muy tardíamente la peste porque de los soldados reclutados de ahí, muy pocos habían contraído la enfermedad.

El caso es que allá, yendo para Las Ventanas, por la finca que después llegó a ser de Braulio Zúñiga, la que estaba al frente de la hacienda de una señora millonaria, llamada doña Matilde Galera, se encontraron un tronco bueno, pero no daba las medidas. Entonces siguieron buscando por todos esos charrales, montañas y plazuelas.

Ya se estaban dando por vencidos, cuando a los quince días, volvieron a pasar por donde estaba el tronco aquel.

Chilo Quirós, que andaba entre esa gente, se volvió a acercar al tronco de guayacán.

--*Pa'* qué perdés el tiempo Felix –le gritaron— pero él se bajó del caballo y volvió a medir el tronco. Cuál *jue* su sorpresa al constatar que esta vez, el *mentao* tronco sí tenía las medidas que necesitaban y les largó el grito a sus compañeros.

Todos se bajaron de sus bestias ¡Santísimo! y se persignaron ante el tronco de guayacán.

Esas tierras en realidad eran inicialmente del Gobierno, años después las tomó la Iglesia y mucho tiempo después se la vendió a Braulio Zúñiga.

Pues se llevaron el tronco e hicieron el santo y el día que lo terminaron, se acabó la peste, y así *jue* como le pusieron a esa finca Tierra de San Caralampio.

Al Santo lo sacaron en andas por todos lados y cuando había una peste, como la que hay ahora, del tal Covi 19, se lo montaban a andar por todo Bagaces.

La fiesta de ese Santo es el cinco de junio. En la finca Las Ventanas, donde mi abuela, se hacía la fiesta de San José el 19 de marzo, eran ocho días de parranda. Ahí bebían coyol, guarapo, había gallinas rellenas, rosquillas, mataban chanchos, vacas o novillos. Ahí se hacía un alboroto y como la familia de los Ordóñez era tan grande, todos llevaban algo.

Mamá siempre ponía un chancho, un novillo, una vaca o algunas gallinas.

En esas fiestas se armaban unos pleitos del carajo, pero eran más o menos ordenados. A los hombres les quitaban lo que anduvieran, ya *jueran* cutachas, crucetas, cuchillas o pistolas, me decía Estebana, con la melancolía de una niña que había perdido su juguete más preciado.

Todos decían, hay que abrirles campo a esos hombres para que se saquen la cólera. Algunos *peliaban* por deporte, a cuanta fiesta iban, ahí *peliaban*.

En la celebración, normalmente, no *peliaban* entre los hombres de la misma familia, sino contra los Ruices, los Chávez, los Quirós o algunos nicas, que también llegaban. Todos eran vecinos, pero ya bolos, empezaba algún reclamo por mujeres, por ganado que se había pasado, por un chisme o solo porque un hombre gritaba: "¿quién es el más gallo aquí?" y le podían saltar dos o tres. También porque alguno largara el grito uuuy, uuuy, uuip, uuuip, pi, piiía, ya eso podía ser una ofensa.

A mi tío Miguel lo llamaban el llorón porque cuando estaba bien bolo buscaba bronca, pero apenas el pleito se ponía color de hormiga, empezaba a llorar, entonces los hermanos lo llevaban *sopapeao pa'dentro* y después ellos sufrían las consecuencias. Infinidad de veces tuvieron que enfrentar a un hombre o dos, ya *encachimbaos*. Cuando ya se armaba pudiera ser que todos los Ordóñez estuvieran *peliando*.

Papa Tute fumaba puro y un día se armó una gresca del carajo en esas fiestas y él se sacó un puro de la bolsa y dijo, entre el tumulto:

--Se apartan cabrones porque el que no se quite, lo jodo. Era un puro lo que llevaba en la mano y con él empezó a volar filazos y a abrir campo. Iba diciendo, no ven que ahí está mi mama y esta es la fiesta de San José, no son pleitos o dejan de *peliar* o van *pa'* la cárcel cabrones.

A veces llevaban un policía del Resguardo, que también terminaba borracho y *pescoceao*.

Esas fiestas eran alegres, ahí se montaban toros, caballos chúcaros, corrían cintas, eran ocho días de pura parranda.

La abuelita Cristina, para esas fiestas ponía a trabajar a mujeres y hombres de toda la familia Ordóñez porque las comilonas eran enormes: unos mataban animales y los destazaban, jalaban agua del río y la calentaban, lavaban molederos, otras hacían rosquillas, rellenaban gallinas y cocinaban.

Ahí también se bailaba con marimba, quijongo y quijada de vaca para acompañar, a veces también con guitarra y hasta dulzaina. Los Ruices eran marimberos y llegaban desde Bagaces con sus marimbas.

En aquel tiempo se hacían varias fiestas: la de San Caralampio, la de San José, la de la Virgen, que no se puede quitar en ninguna parte, esta se hacía en enero con fiestas de toros y todo.

Una vez mataron a un Sargento para unas fiestas. A veces moría algún viejo por los toros o por montar un caballo o *machetiao.* Podía ser que amaneciera un viejo muerto y nadie sabía si de borrachera o lo habían golpeado.

El tal Sargento que mataron era un completo y *redomao* estúpido. A todo el mundo le cayó mal el viejo porque era un hombre impertinente y pesado. Había llegado de por allá por Naranjo o San Ramón, vaya uno a saber.

El caso es que él quería llevarse entre las patas a todo mundo, entonces en Bagaces cayó muy mal. Un día de esas fiestas, estaban unos hombres tomando donde Daniel Gómez, contiguo a la Iglesia de Bagaces, diagonal al parque, frente al chino León Lee.

Daniel Gómez tenía cantina, tienda y de todo, pues ahí estaban los hombres tomando. De pronto entró el Sargento y les dice:

--A dormir ya, pendejos, son horas de buscar su casa. Estaban los hermanos Inés y Anastasio Guido y el primero le responde:

--Hombree, y por qué putas nos vamos a ir a acostar.

--Porque se terminó la fiesta, todo mundo se *jue* para su casa y ustedes le dan mucho tequio a la policía.

--Y *pa'eso* le pagan, *hideputa* --le contestó Tacho--.

Y *jue* entonces que se armó la de San Quintín. Había varios en la cantina. El Sargento quiso sacar el revólver, pero varios se le tiraron encima y le quitaron el arma de reglamento. Él logró escabullirse y se escondió cerca de la iglesia en un solar que había por ahí.

Al cabo, con el que iba el Sargento, le decían Zorrón. Pues salieron los hombres de la cantina y cogieron para arriba por la casa de los Ruices, los hijos de mi tío Ubaldo. Cerca estaba la casa de los Guido, como a cien metros de la iglesia. Se metieron a su casa y comenzaron a hablar babosadas, como todos los borrachos y llegó el Sargento otra vez y les *patió* la puerta y *zapatió* en la entrada, entonces salió Tacho Guido y le dice:

--No *joda hom*, ya estamos en la casa. ¿No nos mandó a dormir?

Al Sargento Núñez no le gustó la respuesta y además andaba en busca del revólver, por lo que se le *jue* encima para esposarlo, pero Anastasio ya tenía un garrote que había guardado detrás de la puerta y le dio un leñazo en la cabeza.

El Sargento chorreando sangre y tambaleándose, sacó la escuadra y empezó a disparar a lo que saliera. Unos corrían *pa'un* lado y otros *pa'otro*.

Como la casa era de barro, no pasaban las balas. A Tacho lo agarró una bala en la pierna.

Inés se metió en un cuarto y cuando salió ya venía armado y se encontró al Sargento de frente, con todo el uniforme ensangrentado y ahí mismo le dio dos plomazos en el pecho y uno en la frente. Al caer, todos lo molieron a palos.

En esa casa estaban unos Ordóñez y unos Chávez y quién sabe cuánta gente más. Al Zorrón lo *garrotiaron* en el solar de Miguel Zúñiga; se salvó porque se hizo el muerto y ahí lo dejaron.

Y ve qué increíble, Tacho era el cocinero del cuartel, el Sargento Núñez lo conocía de hacía tiempo porque lo había visto por la cocina, pero además una vez lo encontró en la cantina de Luis León y le metió tres cintarazos solo porque había metido el caballo en la acera para pedir un trago.

--Los hombres que trabajan para el Resguardo deben mantener la compostura –le dijo— y ahora bájese del caballo porque la acera es *pa'* las personas, no *pa'* las bestias.

--Mire cabo, yo pongo mi caballo donde me ronque el culo.

No quitó el caballo y estaba tomándose su trago cuando el Sargento le pegó el primer cinchazo, con el que lo mandó al suelo y ahí lo agarró hasta que lo hizo orinar sangre.

Llamaron a Inés, que estaba en la casa, a menos de tres cuadras y llegó a recoger a su hermano y ahí mismo se la juró al Sargento.

Cuando mataron al Sargento, Tacho le dijo a Inés:

--Yo me voy a echar los cargos del muerto y *usté* cuida las mujeres y los güilas. Y todo esto ocurrió por una borrachera en las fiestas de San Caralampio.

San Caralampio se hacía rico. Le llevaban gallinas, chanchos, caballos, vacas, de todo y él hacía rifas. Claro eran los organizadores de la iglesia porque el padre solo llegaba para las festividades.

El ganado bueno se lo dejaban, entonces la iglesia tenía su ganado también y caballos para el padre. Es como ahora, el padre tiene carros.

Bueno, la finca de San Caralampio llegó a ser de la Iglesia, no la compró porque en ese tiempo era del Estado y la Iglesia la podía coger. Mucho después se la vendieron a Braulio Zúñiga en un precio ridículo, es que el Padre era amigo de ese hombre.

La finca, dicen que la vendió el Padre porque no sabía cómo administrarla y le resultó mejor venderla con el *ganadambre* que tenía, porque todos los años los campesinos de las fincas medianas y grandes le dejaban ganado.

Mis tíos iban a esas fiestas de San Caralampio, pero esa vez que mataron al Sargento, ninguno salió embarrado. Papa Pepe también iba, pero nunca se metía con nadie. Cuando se sentía borracho, se iba para donde el chino Luis León y se acostaba allá en la bodega. Papa Tute se echaba unos traguillos y se hacía a un lado, se quedaba para apartar a los demás hermanos que sí se metían en problemas.

Ubaldío, el cumiche arriaba con lo que se le pusiera por delante, más de una vez *pescoció* a dos o tres hombres en una sola noche porque mi tío Miguel, el llorón, había armado una gresca.

A mi tío Leonidas, que solo cincha recetaba, no había que metérsele porque al que se dejaba, lo *cinchoniaba*, él era grande y *juerte*, pero, sobre todo, de muy mal genio, *arrancao,* como la China, no pensaba.

A tío Leonidas todos los hermanos le decían Yondá porque era muy *cabriao*. Es que había gente jodida en mi familia.

Las mujeres también iban a esas fiestas, Úrsula era bailadora, Zoila Rosa no porque nunca la iba a dejar el Viejo ese.

Úrsula vivía arrimada a mi abuela, ella no tenía marido, pero sí tenía hijos. Ella y mi tío Miguel *jueron* los *arrimaos* de la casa.

En esas fiestas salían panzonas y solo ellas sabían de quién era el güila y a veces ni ellas sabían. Cuando mamá se daba cuenta ya estaban gordas las cabronas. Así le pasó a Teodora, cuando la echó Rigo Lacayo, se *jue* con el sobrino, el hijo de Víctor Lacayo. Con ese chiquillo, porque era un niño cuando se *jue* con él, tuvo a Irlanda y los otros hijos son de un tal Alvarado. Unos de esos hijos eran Eulalio y Margarito Alvarado.

Breve historia de cómo moría un hombre por una mujer.

A Ubaldío lo mataron por una mujer y es que el hombre andaba recogiendo todo lo que se encontraba, tuviera cercado o no. Más de un marido lo anduvo amenazando de muerte, pero le tenían miedo porque era un hombre recio a los vergazos, no había nadie en todo Bagaces y alrededores que le pusiera la mano. Y es que como era el cumiche se crio malcriado.

Para unas fiestas de San Caralampio, en la cantina que había al costado norte de la iglesia, mi tío Ubaldo llegaba a echarse sus coyolazos y como que un carajo le llevaba ley, entonces para joderlo metió la yegua a la cantina y se la puso a la par. La yegua ponía el hocico en el mostrador y mi tío le dijo:

--*Cabooo*, quite la bestia de aquí porque si no se la voy a cortar.

--Diay si puede, le contestaron.

Entonces mi tío la agarró de la rienda y le metió un vergazo en la cabeza a la yegua y el animal entró en temblores hasta que cayó patas *pa'arriba*.

Cuando mi tío se enojaba, golpeaba el mostrador y se volcaban las botellas y eran mostradores de dos pulgadas de grueso.

Como a él costaba que le tocaran la cara (media más de metro noventa) entonces nadie le reclamaba, nadie se le metía al hombre, en todo lado le tenían respeto y miedo, hasta que lo plomeó el marido de una mujer que Ubaldío le calentaba las costillas.

Dicen que el hombre lo invitó a salir de cacería. Después dijo que lo había confundido con un *venao*. Diay, *jue* una equivocación, el hombre se agarró de eso y creo que no estuvo mucho tiempo en la cárcel y ahí terminó Ubaldío.

--No hombre, Marvin, de todo da la mata, fíjese que un hermano mayor de Ubaldío, Yondá, como le decían a mi abuelo, era un hombre recio, pero no era de andar haciendo problemas, más bien trataba de evitar las discusiones porque era un hombre muy bravo. No a pocos les pegó unos cinchazos.

Trabajó duro mi abuelo desde muy joven y así logró hacer su finca. La finca de mi abuelito Leonidas era grande --contaba Alexis una tarde de verano allá en sus predios de Pijije--.

Pero la tierra de mi abuelo no era nada, si la comparamos con las que tenían los Wilson. Esas venían desde Guayabal, pasaban el Tempisque e iban a dar allá abajo por el Ferri, eran decenas de miles de hectáreas, pero en Guayabal se le metieron los precaristas y *parceliaro*n todo. Mucho nica se metió ahí, como ahora que toda esta parte de Pijije para arriba es de un gringo y se metieron solo nicas.

Cuando Pepe Figueres llegó al poder, le empezó a expropiar tierras a los Wilson para dárselas a los campesinos.

Los Wilson decidieron *parceliar* y vender muchas tierras antes de que se las quitaran. Cada parcela era de quinientas hectáreas. Palo Verde y Catalina, seguro se los quitó el Gobierno o se los pagó barato porque ya no es de ellos.

Nosotros íbamos a la finca de mi abuelo Leonidas a tapar frijoles. En la época de frijolera se sacaban hasta mil quintales ahí. Era una finca muy bonita y plana, tenía mucha agua. Iba gente de Bagaces: Juana llevaba piones, tíos abuelos, papá, sobrinos, nietos, de las dos familias llegaban, los Pasos y los Ordóñez, era un montón de gente.

Una vez estábamos nosotros en esa finca del abuelito y se *pelió* con Álvaro, el hijo. Él le quitó la finca y todo el *ganao*. Bueno, con el tiempo Álvaro Ordóñez quedó en la mierda, *usté* sabe que con la vara que mides...

Álvaro llegó a ser muy rico, pero lo que a ellos los fregó *jue* que sembraron café. Tenían molino de caña y les iba bien, pero cuando sembraron café, se vino abajo el precio y se jodieron.

Y qué finca más linda tenían, con unas quebradas que, ayúdeme a decir. Allá había una montañilla, un cerro del que salía un chorro de agua, pero era un chorro, una paja de agua por media finca, una belleza.

Todo eso lo había creado mi abuelo Yondá, que era bueno para agilar caballos, pero ya ve, Álvaro Ordóñez le quitó la finca porque era maldoso.

Uno diría que Álvaro era inteligente y ya ve, uno no se puede explicar cómo murió por un calzón. ¿*Usté* sabe lo que es morir así? Dicen que cuando estaba en el hospital, le dijo a una enfermera:

--Si *usté* no me da eso, yo dejo de comer.

Y dejó de comer el gran baboso. Así se murió por un calzón, como le pasó a Ubaldío.

¡Hay cada historia! Cuando Emiliano, el hijo de Juana, se casó allá en Guayabo, nosotros lo llevamos. Él bailaba brincadito, *aculiolao*, y el suegro le dijo:

--Emilio, baile como hombre. ¿*Usté* sabe, que el suegro le diga eso a uno? Pero Emiliano se la aguantó con tal de dejarse ese calzón y después de eso anduvo *zanganiando* por todos lados. Tuvo como doce hijos.

Nosotros íbamos mucho donde la Juana y una vez me dice Emiliano:

--Fijate que el Indio está estripando a mi hermanita. Era malo ese indio Jenaro. Se acercó y se acercó a la casa de Juana, hasta que jodió a la pobre Sonia, que apenas tenía quince años. La Juana le dio a Sonia porque el Indio era brujo y supuestamente le iba a ayudar con unos maleficios.

Mirá, pero mi abuelito era chancho, yo me acuerdo que siempre llevaba pan y guardaba los dientes postizos en la misma bolsa del pan que había comprado. Nosotros nos levantábamos a buscar algo de comer porque siempre quedábamos con hambre.

Zoraida, la mujer de Álvaro era chancha. Ella servía la comida buena para ellos, carne, queso, tortillas, cuajada, güevito frito, algún guisito, de todo y a nosotros nos daba arroz con frijoles parados o un pinto con guineo cocido, en la misma mesa.

Como ellos dormían arriba, nosotros entrábamos a la cocina a oscuras a buscar qué comer y *golosiábamos* la comida buena.

El pinto de nosotros, lo dejaban hecho en la noche, de un día *pa'otro*, entonces le metíamos una pelota de manteca al fondo de la cazuela del pinto, *pa'que* en la mañana, cuando lo calentaran, no estuvieran parados los frijoles, sino bien fritito.

Eran malos los *jueputas* Ordóñez, pero la más chancha era Zoraida, la esposa de Álvaro.

Una de tantas noches, Miguel metió la mano en la bolsa y agarró un motetito, que parecían rosquillas o algo así, entonces le largó un mordisco y eran los dientes postizos de mi abuelo.

De cómo quedó Pacífica embarazada de Juana y algunos acontecimientos de la vida de esta.

En aquellos tiempos en que nació Pacífica, todas las clases sociales concurrían mezcladas a las mismas fiestas profanas y sagradas.

En las más rimbombantes Cofradías de los Ángeles se podían ver prácticas religiosas, como mundanas y ahí asistía el campesino descalzo, como el rico comerciante.

Después de un rezo podía surgir un baile, del cual nacían sin escándalo o con él, los más vilipendiosos adulterios y estupros, por eso Cristina Delgado Delgado puso reglas muy claras para las festividades que se celebraron desde siempre en su casa: "aquí no toman las mujeres, si los hombres quieren *peliar*, hay que desarmarlos, no se pelea entre hermanos, primos o tíos y no se aceptan borrachos a dormir en los corredores; al hombre que se encuentre robando, lo que sea, que lo pongan al cepo y le den treinta vergazos".

Era normal que amanecieran borrachos bajo los palos del patio, cagados de gallina o llenos de mierda de vaca, escarbados por los chanchos que merodeaban durante la noche y especialmente al amanecer. Hubo una vez que amaneció un nica bien bolo con una gran plasta de vaca encima.

Los oráculos no avisaron al nacer Josefa Pacífica Ordóñez Delgado, que no se dejaría gobernar en su casa, que sería el matriarcado de su soledad, de su espíritu tocando a la puerta para desgarrar la prosaica tristeza de no recibir un abrazo, que no atentara contra su sexo rebelde y doblegado por Moncada, el chino Luis León y un desconocido que entró con engaños para escapar de la miseria, del odio y la tormenta, para guarecerse del dolor superlativo de ser un apátrida.

Cuando Pacífica tenía catorce años, la pubertad la había hecho hermosa. Su hermana mayor, Zoila Rosa ya andaba flirteando con Moncada, pero este le echaba el ojo a la niña. Una vez le dijo: “un día te vengo a robar” y con el consentimiento de Ubaldo y Cristina se fue a vivir con Pacífica un año después de haberla encontrado en el río lavando ropa.

Arrimó el caballo hasta la piedra donde la niña bajaba los dioses porque le tenía miedo a ese hombre, porque ya le había destrozado un vestido, mientras mil luciérnagas espectadoras brillaban en la oscuridad.

El temblor de su cuerpo solo avivó los deseos de esa representación social que llena todos los laberintos de la ignominia.

El llanto incontenible, suplicando y la muralla infranqueable. El dolor y la sangre en la arena y esa construcción social del fauno contra la ninfa en su bosque oscurecido por la tormenta, por el tormento.

El vestido desgarrado, como la piel y el pérfido asido a la pubertad que grita y solo el río encabritado la escucha y los senos turgentes apuntando a la tragedia de sentirse manchados.

--No digás nada Pacífica, yo me voy a ser cargo de vos.

Recogió sus piltrafas, lavó el escenario de sus preguntas y emprendió el regreso a casa. Entró por la puerta de al lado, por aquello de que la desnudara el humo de la chimenea.

No hay potranca que se me escape –pensó Moncada— mientras cabalgaba hacia la tarde que irradiaba su inmovilidad, solo alterada por el trinar de los pájaros.

Ubaldo le preguntó a Pacífica:

--¿Por qué tenés rotó el vestido?

--Me resbalé en una piedra y me caí.

--¡Cristina, Josefa se cayó en el río!

Nadie se percató cuán violenta fue esa caída, por qué el vestido se desgarró.

En esa oportunidad, Pacífica encontró el simulacro de una candela para remendar las hilachas del vestido y dejar las sombras en las paredes, mientras caminaba con miedo a las metáforas de su desnudez y a pesar de llevarla siempre, encontró a ese intruso con máscaras en su desesperación total.

No hubo desmayos, solo el reconocimiento de sentirse agraviada y corrupta por el Dios omnipresente, que contemplaba la fatiga perenne cuando ella era alcanzada a través del río encabritado, del recodo abierto y la lucha de sentirse maldita y la lucha contra aquellos brazos nervudos apagando su voz, su llanto en cualquier madriguera y el silencio cómplice, asesinando sus sueños.

Doce meses y tres días tardes llegó Moncada a pedir la muchacha y el papa Ubaldo la concedió sin excusas; no había caminos, solo la espesa condición de esa cruz pesada en su sexo. Se apagó el brillo, agrietado para siempre.

Gustavo Moncada también frecuentaba a Zoila Rosa y cuando nació Juana, ya Zoila estaba embarazada de Efraín.

El día en que Ubaldo le dio las vacas, los chanchos, las gallinas, la yegua y trecientas hectáreas a Pacífica –Cristina le dijo-- con esto podés empezar la vida.

Sus hermanos, Leonidas y Salvador le ayudaron en lo que podían porque Moncada la abandonó cuando no soportó más el abultamiento de su estómago.

Pacífica hacía quesos, que llevaba a caballo hasta Bagaces. Eran tres horas al trote. El camino era angosto, a veces luchaba contra el invierno, que caía rabioso en los rudimentarios senderos. No era posible mirar hacia atrás, no dudaba.

Salía de madrugada con un *balaú* al hombro por si el tigrillo, por si Moncada, por si las dudas y regresaba a las cinco o seis de la tarde, cuando ya había amainado el oropendolizar de la tarde.

Juana nació quince años y seis meses después que su madre, un mes de agosto de 1916, a las tres de la tarde. Por esos días andaba el presidente Alfredo Gonzáles Flores de visita por Bagaces.

No sabía Pacífica el día exacto en el que llegaría, pero ella le había dicho a su padre que quería conocerlo; sin embargo, Juana no se lo permitió.

El viejo Ubaldo vivía diciendo que, si ese hombre había *panzoniado* a la muchacha, debía llevársela, por eso le dio las tierras y los animales y les dijo a Leonidas y Salvador que se fueran a cuidar la muchacha, mientras Gustavo se iba con ella, pero Moncada no estaba interesado en hacerse cargo de ninguna mujer. Ya había procreado tres hijos con diferentes mujeres y nadie lo había obligado a quedarse con ninguna, por qué habría de hacerlo ahora. De esos hijos anteriores a Juana, solo uno se conoció.

Clarisa Moncada Ordóñez, hija de Zoila Rosa, dijo una vez que había encontrado a una mujer en Bagaces, que le pidió ayuda o le dijera a su padre que la ayudara, pues ella tenía un hijo de él y había nacido dundo, no servía para nada. Clarisa lo fue a conocer y constató que el hombre no podía hablar ni caminar y tenía la mirada perdida y efectivamente, tenía todas las facciones de su padre Gustavo Moncada: carita perfilada, negro, amplio bigote y el pelo crespo y nada corpulento. Aun así, ese padre nunca le envió un cinco.

Esa tarde no llovía, como era normal en ese mes, pero el llanto de la niña inundó toda la casa. La comadrona había batallado durante casi una hora con los quejidos y el dolor de Pacífica.

Juana nació de pie, señal inequívoca de que inexorablemente habría de pasar por senderos oscuros, abigarrados, propensos a tropezar...

Al principio, no quería llorar, como pasa con frecuencia, pues al nacer el asombro es tal que nos abandonamos, quedamos suspendidos contra la nada.

A Juana la sorprendió la borrascosa luz de la tarde, que entraba a bocanadas por la ventana.

El bullicio de las gallinas, el gallo correteando un joven pollo, que atentaba con quitarle el corral era todo un conflicto bélico, que lo hizo subir a unos maderos para cantar su qui qui ri quí a los cuatro vientos y dar por sentado quién era el gallo. La vaca con su quejumbroso mugido, los congos aullando a lo lejos, las cabras balando al ritmo del cenzontle y los cerdos indiferentes al llanto, tratando de derribar la rancha desde los horcones, fueron parte del recibimiento de Juana.

Pacífica la tomó en sus brazos sin derramar una lágrima. Era su primera hija. Juana era morena como su padre, con facciones más pausadas, pero con el mismo carácter.

--Cuando mi madre se jaló la torta de Juana --me dijo Estebana-- mi papa Ubaldo cogió un pedacito de tierra y se lo dio, además de cinco vacas, una yegua, un poco de gallinas y tres chanchos. Le construyó una rancha y así empezó mi madre en El Zapote.

A los cuatro días, Pacífica estaba en el río, aporreando ropa sucia. No podía esperar que los Alisios amainaran. Solo se cuidaba de que el agua no le llegara a la cintura. La comadrona la había lavado con agua tibia, alcanfor en vapores como aromatizante y antiséptico.

Juana quedó sola un día cualquiera, los tíos se marcharon, uno por aburrimiento y el otro por borracho.

Pacífica demoró más de lo acostumbrado. Ya se había escapado el celaje y habían emprendido su canto los grillos, las ranas en los suampos.

La embriaguez del miedo inició un llanto que apagó todos los ruidos de la noche. Eran las siete, la oscuridad inmolando toda esperanza.

--Mamá, mami, Mitaaaa...

Tornasolada la espera, hasta que escuchó el trote a través de las rendijas de la choza, sin lumbre, dominada por ese abismo de estar sola.

Bajó del caballo y la alzó para depurar la alegría de llegar a tiempo, de encontrarla intacta.

Abundaba el ocelote, el tigrillo, que entraba con frecuencia al corral a cazar gallinas, el puma y el jaguar que mataba los novillos a papa Ubaldo.

La siguiente semana, la montó a caballo y se la llevó, entonces volvía hasta el día siguiente. Hasta que dejó de bajar a Bagaces porque tenía siete meses de embarazo.

Al quedar embarazada Pacífica tuvo que salir de la casa matripaterna. Fue así como inició su constelación de sueños y compró Manzanares años más tarde, El Alto de los Monguía, Río Seco y algún otro pedazo de tierra. Con el tiempo, también le dio un pedacito a Juana, que se llamó Santa Elena. También le dio algunas vacas, gallinas, unos chanchos y tres bestias, para que empezara.

Cincuenta y cinco años más tarde habría de morir Juana producto de un hechizo.

Yo la conocí muerta en 1974, me llevó Ruperto Placentino, como único representante de Estebana Ordóñez, porque nadie más quiso ir.

Para mí aquello fue un increíble paseo. En la sala del velorio había tantos Ordóñez, Ruices, Moncadas y Chávez que yo nunca habría podido contarlos, salían y entraban sin planeamiento alguno. Había quien se emponzoñaba diciendo que esa mujer fue una potranca peligrosa, que llevó al abismo a su padre con los dulces prados de su juventud, con su agua fresca, sus mieles. Otra vieja le contestaba, eso es como *temblonearse* la conciencia: ¿qué quiso demostrar el diablo con lo que hizo?

Hasta que finalmente me regresaron a Liberia.

--A mi madre la mataron con hechicería –me relató Emiliano— cuarenta y seis años después de su muerte.

A ella le gustaba mucho participar en reuniones con brujos y le habían dicho que a una familia por ahí no le tomara ni le comiera nada.

Se le ocurrió pasar por allá donde esa gente y la señora le ofreció un agua dulce con leche y dijo mi madre que había sentido el tufo a culantro.

--¿Qué la trae por aquí doña Juana?

--Nada, que voy por un remedio a ver si se me quitan estos dolores de panza y pasaba a ver si me da un poquito de agua, que el sol está muy *juerte* y el trote de este caballo me trae agitada.

--No, doña Juana, le voy a dar algo que le va a hacer bien para la panza, tómelo con fe y verá.

Como a los quince días o un mes, ya no recuerdo, estaba mi mamá cortando unas cañas para unas vacas que teníamos y pasó un pájaro y la *mió*. *Usté* sabe que los pájaros no mean. Pues a ella le cayó un poco de agua de ese bicho y esa misma noche se enfermó.

Al día siguiente hubo que sacarla porque tenía unos verdugones en la espalda y en las piernas, como si le *jueran pegao*.

Los *dotores* le preguntaron en Liberia que si era que su *marío* o su pareja le había *pegao*.

--Yo no tengo *marío* ni compañero –les contestó--. Lo que pasó *jue* que un pájaro me *mió.*

Las enfermeras y los *dotores* se pusieron a reír y un *dotor* le dijo:

--Señora, *usté* está más loca que una cabra porque un pájaro no mea.

--Bueeeno –le contestó mi madre— tómenlon como ustedes quieran, pero eso *jue* lo que a mí me cayó de un pájaro, un poco de agua.

En después de eso, ella no dilató ni seis meses, como tres o cuatro meses si acaso.

La que le dio el agua dulce era de esa familia Ramírez, hija de una mujer llamada Ester, pero le decían Canasto, vaya *usté* a saber por qué.

Esa gente me odiaba por puro gusto, nada más.

Sucede que hacía un tiempo había *comprao* yo un *ganao* y pasé con mis vacas frente al patio de esa familia. En eso, me alcanzó el mandador de la finca *onde* compré el *ganao*. Él venía siguiéndole el rastro a una chancha que se habían *comío*. Pues ahí, por un palo de encino vio *onde* le habían *pegao* dos tiros a la chancha y se *vía* el *rastro´e* sangre que iba cerquita de la casa *onde* se la comieron.

Él llamó al patrón y le dijo quiénes se habían *comío* la chancha y le echaron la ley a los Ramírez. Por ahí empezó la cosa porque ellos la agarraron conmigo.

Yo iba a una cantina donde una señora que era hermana de esa familia Ramírez. Tomaba, pero solo cerveza y la pedíamos tapada. Teníamos la maña de destaparla con los dientes porque un brujo le había dicho a mi mamá que en esa cantina me tenían un guaro compuesto, por eso nunca tomé guaro ahí. Varias veces intentaron hacerme un hechizo, pero no pudieron.

Como se dieron cuenta que no podían hacerme nada, entonces la agarraron con mi mamá y *jue* así como la *mió* el pájaro.

Siempre tuvo problemas con los brujos mi mamá, por eso nos *juimos* de Santa Elena porque se nos moría el *ganao*.

Nosotros llegamos a tener setenta y cuatro animales y morían por cuestiones de brujería.

Una vez mi mamá entregó mi hermana a un brujo *pa'* que le ayudara. Era el brujo Jenaro, él tenía cincuenta y seis años y mi hermana tenía en ese entonces quince. Pero eso lo hizo *pa'* que ese brujo le ayudara con unas cosas que ella tenía.

Trata de algunos acontecimientos que pasaron cuando nació Teodora y de cómo trataba a la China.

Francisca Teodora Ordóñez Delgado llegó al mundo un día caluroso del 22 abril de 1919. Dos meses después terminaron las hostilidades entre los bandos de la Triple Entente y las potencias de la Triple Alianza. No supo Pacífica por qué empezó esa guerra ni cómo diablos terminó, pero sí vio y oyó pasar aviones que surcaban los cielos, para perderse allá por La Sierra.

El periódico lo llevaban una vez al mes a lo sumo y no siempre llegaba hasta donde Pacífica, así que la guerra no parecía ser un conflicto que interesara mucho a la única que sabía leer en El Zapote, de manera que nunca se comentaba ese acontecimiento.

Aún no había trapiche en la finca, pero el azúcar, que escaseó en San José, no tuvo ninguna repercusión en El Zapote o Las Ventanas porque Pacífica o la abuela Cristina intercambiaban gallinas, chanchos o granos por dulce. Tampoco faltó nunca la manteca porque se cocinaba con la de cerdo, por lo que esa guerra no afectó a esos campesinos en nada.

Lo que sí sintieron, fue el grito de "Viva Acosta", pues apenas tenía dos meses Teodora cuando surgió ahí cerquita en la Hacienda El Jobo, entre Los Ahogados y Santa Rosa de Guanacaste, la "Batalla del Jocote" y Salvador y Leonidas tuvieron que esconderse en la montaña para que no los encontraran y se los llevaran a una guerra de la cual no sabían nada.

Fue la primera vez que pasaron insurgentes por la finca de Pacífica, buscando hombres para ir a la guerra, después de la experiencia que tuvieron Albán y Papa Pepe en la guerra de los Tinoco, tres años atrás. Esos hombres se acogieron, poco tiempo más tarde, a la Ley de Recompensa, pero ellos, lamentablemente, fueron llevados desde El Cajón para defender las filas de los Tinoco.

Pues esta vez se tuvo que quedar sola Pacífica con sus dos niñas porque sus hermanos no bajaron de la montaña sino cuatro meses después, cuando ya se habían apagado por esos rumbos las voces de las revueltas.

Allá en Bagaces sí agarraron a un amigo de parrandas de Papa Pepe, era Ceferino Reyes, quien en una borrachera se le ocurrió gritar "Viva Acosta". No le costó la vida, pero sí, cincuenta palos que lo dejaron tendido e inutilizado para sembrar maíz, coger frijoles, montar a caballo o sostener un ternero.

Ese 22 de abril, Leonidas ensilló una mula muy temprano y partió bajo un sol que amenazaba con enceguecer la mañana. La partera estaba a unas tres hora ida y vuelta.

Abril estaba a punto marcharse por esos resquicios solitarios donde el trinar de los pájaros anunciaban lluvias.

Hacía tres años y cuatro meses que el temporal se había llevado dos vacas con sus terneros. Leonidas llegó chapoteando y tartamudeó que una vaca estaba siendo arrastrada por el riachuelo cercano al corral.

--Iba tras su ternero, pero todavía la podemos salvar.

Todos corrieron y al llegar unos con sogas y caballos ya la vaca estaba panza arriba, dando vueltas en un remanso. El ternero no se veía por ninguna parte.

--No hay nada que hacer –dijo Felipe Monguía— el único peón que había la finca.

En ese momento, vieron la otra vaca, corriente abajo. Lanzaron sogas hasta que lograron lazarla. Dieron vuelta al mecate en un palo y con el caballo empezaron a jalarla. La vaca parecía rehusarse. Se había quedado dando vueltas en un recodo del ancho camino, que ya se había convertido en parte de un gran playón. Los fuertes tumbos de agua la golpeaban.

Pacífica, que acababa de parir a Juana, también llegó y se puso a llorar.

--No se preocupe Mita, la vamos a sacar –le dijo el peón--.

Empezaron a jalarla con fuerza, a dos caballos, hasta que salió, pero ya iba muerta. La habían ahorcado pues no la lazaron de los cachos.

--Destácenla –ordenó Pacífica— esa vez.

Cuando Leonidas regresó tres horas después, Pacífica ya había parido a Teodora. Había quedado amparada a los furiosos trozos de plegaria:

--No me dijiste Dios que moriría tan lentamente.

Dios llevaba a la choza otro poco de vida a pesar del dolor.

Juana entró al cuarto con los ojos cristalizados de angustia:

--Se muere la Mita –gritó— sin percatarse de que Teodora estaba unida al cordón umbilical.

--Traeme un cuchillo Juana –le imploró Pacífica-- pero la niña siguió absorta en la sangre que veía por todas partes.

Virgencita, no dejés que muera mi niña ahorcada y siguió luchando Pacífica, hasta encontrarse con el llanto de esa nueva vida que emprendía ininteligibles balbuceos, que la arropaban de esperanza.

Teodora fue una niña sana. Desde que nació, su madre resolvió darle una vaca, una yegua, una cerda y diez gallinas, como hizo con todas las hijas e hijos. Creció jugando con Alicia, porque Rafael Amado Eulogio fue un niño taciturno y poco proclive a ser hermanable.

Al llegar a la adolescencia, Teodora ya se había colmado de andar con Alicia porque no podían montarla a caballo, subir a los árboles, tampoco subir grandes peñascos ni ir muy lejos; para todo había que ayudarla y cuidarla de que no se cayera, pero era además altanera y fea.

Tenía Teodora diecisiete años cuando Alicia cayó con extrañas convulsiones en medio de una correría para atrapar un pollo. Eran las tres, treinta y cinco de la tarde. Juana se había unido al grupo y le gritó a Alicia que era una arrastrada, hija de nadie, que no servía para nada, solo porque no había podido atajar en una esquina la sopa de esa noche; tenía entonces, escasos cinco años.

--¿Cómo hija de *naide*?

--El chino Luis es tu papa.

En ese momento apareció Pacífica, que había llegado de visita por el patio y escuchó a Alicia y a Juana gritando.

--Sos hija de *naide* –le gritaba Juana— porque ese maldito Chino es…

--Vos no sos *naide* porque *naide* sabe quién es tu papa.

Pacífica iba con una tajona y no se explicaba cómo una niña de casi cinco años podía decir esas barbaridades; agarró a la China. Juana ya estaba lejos. Hacía mucho que se había marchado donde su padre; cogió su bestia y partió a todo galope.

Pacífica le pegó dos rejazos a la China, que la hicieron orinarse y caer al suelo con unas muecas extrañas, los brazos y piernas agarrotados. Los ojos dilatados, la lengua de fuera y echando espumarajos por la boca.

Se retorcía en el polvo y todas se santiguaron pues estuvieron seguras de que se le habían metido algunos espíritus malos, pero no podrían enviarlos a los cerdos, como ocurrió desde el principio de los tiempos, cuando Jesús llegó a la región de los gadarenos y se le acercó un hombre poseído por demonios gritándole improperios y pidiéndole que, si lo iba a echar de ese cuerpo, que lo dejara entrar en el de unos cerdos que estaban cerca. Y así fue como los demonios entraron en los cuerpos de los cerdos y a partir de ese día Jesús fue expulsado de ese pueblo.

De la misma manera, Alicia fue rechazada por sus hermanos y hermanas porque estaba poseída por demonios y ya no hubo forma de sacárselos y casi todos los días se manifestaban: caía en cualquier lugar, a cualquier hora.

Al principio, Pacífica oscilaba entre que estaba poseída por demonios o que era un castigo de Dios por dejarse poseer por el chino Lee.

Es un castigo del cielo se decía cuando pedía perdón por el sendero fornicario en el que había caído su vida. No entendía la prolongación de los mensajeros del más allá, que se balanceaban en sus noches, por eso, pese a la extenuación, debía levantarse a socorrer a Placentino, quien, a tientas, a través de la noche, buscaba coyundas, aperos y bueyes, soltaba caballos y ella detrás, temblorosa porque sabía que en cualquier momento aparecería una gallina con sus pollitos, en mitad de la noche, para ensordecer a la culpable del pecado capital.

Dios seguía inclemente y ya no hubo plegarias suficientes que aplacaran su furia. En el umbral de la puerta podía esperar a su hijo con el cuello ensangrentado, con la cabeza en sus manos, como una ofrenda. Al despuntar los días, apoyada al hombro de la luz consuetudinaria, emprendía la vida sin contar con nadie.

Jamás lloró Pacífica delante de sus hijos o hijas. Sollozó ante la dulzura del Chino, sordo a los miedos que ella tenía.

--No *quelel* más. No *venil.* Si *tenel* miedo, no *venil.*

Pacífica no volvió al almacén del chino Lee. Mandaba a traer los diez quintales de sal para el ganado y salar las carnes y la comida. Hacía varios años que no bajaba a Bagaces con los quesos porque ya era una carretada de queso, cuatro de frijoles, maíz, arroz.

Donde se cuenta, brevemente, sobre el nacimiento del primer varón de Pacífica.

Rafael Amado Eulogio nombró Pacífica al primer varón que parió un 13 de setiembre de 1924. Se dijo que su padre era un tal Trino Pérez, el mismo padre de la China, pero nadie se lo creía.

Es un muchacho –le dijo la comadrona-- va a ser fuerte y valiente.

No matará a su padre ni por equivocación, pero le hará imposible la vida a su madre, quien lo amará hasta su muerte. No conquistará ningún reino, pero sí mandará a vagar a sus hermanos menores sin hacienda y será inmisericorde, los azotará con la fusta del caballo y montará como un emperador y dominará todas las tierras (aunque no mucho tiempo) que dejará su madre porque será el primogénito.

--No sé cómo se le murió una niña a Zoila en el parto –le dijo Eufrasia a Pacífica— cuando la fue a visitar para corroborar que todo andaba bien antes del parto.

Dijo la muy babosa que se había quedado sin líquido la mujer y que por eso la niña venía muerta, si es que cuando la partera es mala, le echa las culpas al culo. Por eso te vengo a ver, Pacífica, *pa'* que cuando tengás los primeros dolores me mandés a llamar, eso no espera.

No nació Eulogio con los ojos rasgados, por eso nadie sospechó que fuera hijo del chino Luis León. Desde pequeño andaba tratando de matar el gavilán; subía a los árboles con gran presteza a oler las dos únicas estaciones que conoció.

Pacífica recordó siempre su niñez con una dulce melancolía. Empezó a aprender a leer cuando tenía catorce años, pero no fue un estudiante aplicado. El tío Leonidas fue su mentor. Ese tío cancaneaba con la Biblia, libro viejo y adusto que narraba historias de ejércitos y un Dios que los protegía o los destruía, dependiendo del bando y aunque el tío Leonidas le hacía ver que no eran historias ni cuentos sino un conjunto de libros canónicos (claro que no se lo dijo así). Seguro le dijo que era un libro inspirado por Dios.

Amado no aprendió a leer, como tampoco Juana, Teodora o Alicia, los que llegaron a aprender un poco fueron Placentino y Estebana, pero Rafael Amado le hizo poca falta conocer los vericuetos gramaticales y semánticos de la lengua, le bastó con hacerse entender porque las exigencias de la finca se encaminaban más a la fuerza bruta que al intelecto.

Los siervos, que así llamaba a los campesinos que labraban las tierras de Pacífica, sabían de su mal genio y no contradecían sus órdenes por equivocadas que estuvieran.

Cabalgaba Amado con el mejor caballo, los mejores aperos, el mejor simulacro de sentirse único.

Los dioses lo habían dotado de una mente sagaz y hasta que fue a parar a San Lucas, pudo bajar a la miseria. Antes, la vida lo había prodigado de frutas abundantes; en la finca todos y todas le rendían pleitesía.

Usted se preguntará cómo llegó Amado a la cárcel de San Lucas. Es una historia corta, contrario a lo que dicen siempre, pero espere un poco, para que no perdamos el hilo de la narración.

Pasaje donde se cuenta la horrible historia de la China, que se abandonará por lo triste que es.

Alicia Inés Ordóñez Delgado fue una apátrida, por eso, cuando nació Placentino (de quien no se sabía quién era el padre) hasta los perros la desdeñaban. No le *sentaron* nunca la partida de nacimiento, aparentemente, fue entre 1931 o 1932. Quizá fue decepcionante para su madre parir otra mujer después de tener a Rafael Amado Eulogio, además, la pobre niña era poco agraciada, larguirucha y endemoniada. Podía prenderle fuego a la vida sin percatarse. Sus gritos infantiles arruinaban los gorjeos y cantos que pululaban cerca de la casa. Es probable que por eso dejaron de darle de mamar a los nueve meses.

--No servís *pa'* nada ni *pa'* recoger huevos o amarrar perros –le endilgaba su madre--.

--Esta es una babosa, buena *pa'* nada –decía Teodora--.

Pocos años más tarde Teodora la llevaba a su casa a fin de que le cuidara a Chico mientras ella iba al pueblo. A Amable, su primera hija ya la había dejado con la abuela Pacífica porque Rigo Lacayo tal vez no la quería.

--Me llevo a la China –le dijo a su madre—.

--Quien quita y te la dejás mejor –contestó Pacífica--. No la montés a caballo, mejor que te siga a pie, pues si se cae por tu culpa, no vas a tener perdón de Dios.

--Descuide Mita, va tener que caminar y si le da por tirarse al suelo, la levanto con la tajona del caballo.

Así se iba la China, trastabillando detrás del caballo, descalza, con un bordón por si llegaban los demonios a poseer de nuevo su famélico cuerpo. Y empezaba a caminar con miedo de que se le interiorizara el castigo de su madre, con miedo a resbalar entre las escaleras que habían dejado los caballos de tanto paso.

Consternada la tierra por el chapoteo, que se hacía perenne y doloroso, como su propio nacimiento. Y volvía a arrepentirse de haber nacido, de imprimirle tanta miseria a los demás con su presencia.

Teodora no volvió la mirada hasta que ya había salido de la montaña, pero la China no la seguía.

--Maldita bruja, se habrá quedado perdida porque ni *pa'* encontrar el camino sirve. ¡Chinaaaa!

Y la maniática seguía con su acompasada humillación, resbalando en las escalerillas del barro, midiendo la aritmética profundidad de los pasos del caballo y por si había que cambiar el ritmo, apareció una boa cruzando el sendero y el dintel en sus manos se volvió sanguinario y arremetió contra Satanás, que se atrevía a pasarle al frente, pero antes de las primeras arremetidas, insensatos los demonios se apoderaron de sus piernas y cayó la China en su ciega locura, perturbando el tránsito lento del reptil que logró internarse en el matorral.

La China cayó con su universo en el lodo y alteró el silencio de la serpiente que se marchaba sin volver la mirada.

La encontró Teodora dando tumbos convulsivos, violentos, sin suscripción voluntaria, relatando el temblor interno de saberse agonizando siempre; la boca ensangrentada, la mirada perdida y todo su cuerpo ejerciendo una fuerza imprecisa para sostener el alma que se marcha.

Se bajó Teodora del caballo a abrirle las manos, cerradas con fuerza para asirse a la vida, al necesario ajuste de la realidad que la adhería a esos mendrugos y la convertían en ese depósito de miseria abandonado, como rancho por donde se hunde la lluvia y no es posible guarecerse. En esa prisión de sus huesos, como mendigo fétido de angustia, insolente, despreciada desde los intersticios de la casa.

--Maldita maniática. Hay que llevarla a que le saquen los demonios. Y se le escalofrió el cuerpo.

Tres minutos pueden ser una eternidad, pero diez podrían ser la suma de toda la vida emigrante, estorbosa, violentada por los días oscuros y también por los claros, añadiéndole una mitología para expatriarla, arrancarla de su madre. Y esa latente indigencia de harapos frente al temporal que le caía a borbotones.

Empezó a liberarse de la convulsión de siglos, de la histericidad que la condenaba y castigaba, que la excluía, alienada y confusa hasta despertar perdida, después de ese viaje sin límites, donde era injuriada desde su más esencial dilema de sobrevivir.

--Levantate, nos vamos.

La finca de Pacífica estaba como a media hora a pie de El Cajón, entonces no era difícil llevarla y regresarla cuando Teodora quisiera.

Apenas la China creció un poco, Teodora la empezó a llevar a los bailes de Bagaces o a otras fincas donde se celebraban fiestas de San Caralampio. En una de esas fiestas había quedado embarazada Teodora antes de irse con Rigo Lacayo. Así surgió Amable, quien se quedó a vivir en la finca de Pacífica porque Rigo era el Padrastro y la abuela prefirió dejársela.

Decían que el papá de Amable era el Gato Porras, pero Amable no se parecía en nada a ese hombre.

--Mamá no le pegaba a esa chiquilla --dijo una vez Estebana-- pero a Placentino y a mí si llegábamos *chismiando* porque él me pegaba, entonces nos daba a los dos: uno por chismoso y el otro por maldoso, en cambio a la chismosa esa, mamá todo se lo creía, por eso cuando estábamos solos, la *sopapiábamos,* la *jodíamos.*

Esa vez estábamos jugando debajo de la mesa del comedor. Se trataba de una orquesta. Placentino tocaba una quijada de vaca y acompañaba con un peine y un papel. Amable y yo éramos el coro, pues de pronto a ella se le ocurrió que tenía que tocar el peine, pero no le sacaba ningún sonido, entonces se puso a llorar porque no podía y Placentino se lo quitó. Eso fue suficiente para que mamá nos sacara del pelo de debajo de la mesa y nos pusiera a escoger media cajuela de frijoles revueltos con maíz.

--Si no tienen qué hacer, pues escojan estos granos. Con esto se entretienen y dejan de *peliar*.

Ajuera caía un aguacero torrencial desde hacía horas, por eso no podíamos salir a jugar al patio. Desde la ventana veíamos pasar los patos y unos piches (que por entonces había) con rumbo desconocido, pero no se arriesgaban a ir al río, que estaba a menos de setenta metros de la casa.

Las gallinas en cambio, estaban en silencio debajo de la casa, los perros en la cocina a la par del fogón.

De reojo volvíamos a ver a mamá que seguía cosiendo a mano. Remendaba chuicas viejos que servían para andar en el campo. La ropa debía durar mucho porque no se compraba a cada rato.

Placentino a veces le preguntaba a mamá por qué no se compraba una máquina de coser y ella respondía que solo en vagancias pensaba. Lo mismo le dijo cuando le pidió que comprara un carro. Él los había visto en Bagaces y le parecieron una novedad de la tecnología moderna.

--¿Cómo piensa que va a traer un carro hasta aquí? No ve que en estos caminos con dificultad pasan carretas y va a pasar un carro.

Placentino se quedaba en silencio, mientras seguía separando el maíz de los frijoles y pensaba que con una máquina podrían estrenar pantalones a menudo.

Yo normalmente no usaba vestidos, sino pantaloncitos de dril, igual que mi hermano. Me compraba mamá camisoncitos de algodón con bombachitos en los hombros.

No teníamos más de tres mudadas, dos para trabajar y una para salir a Bagaces. Usábamos un solo par de zapatos, que servía para trabajar o salir. Eran botitas de cuero, en el caso de mis hermanos, las botas llegaban hasta la pantorrilla. Las mías, arriba del tobillo.

A veces mamá me daba a hacer zapatitos de salir a Bagaces y eran con hebilla y siempre de cuero y cosidos. Nunca usamos caites de cuero crudo. Algunos peones de la finca sí los usaban o andaban descalzos.

Narra el nacimiento de Placentino, de cómo lo seguían las brujas, de algunos artilugios de las comadronas y quizá la segunda razón.

Placentino llegó al mundo una noche del veintisiete de marzo de 1934. Anduvo una mona en el techo y a las doce de la noche continuaba en su algarabía.

Le pusieron al nuevo varón, José Ruperto Placentino y todo Salitral de Bagaces se enteraría en los siguientes días, del nuevo retoño de Pacífica Ordóñez.

Murió Placentino sesenta y un años después con más pena que gloria y dejó, como era propio de algunos Ordóñez, a sus vástagos en la miseria.

Llevaba tres horas en labores de parto Pacífica y la comadrona luchando para que se desprendiera el mentado Ruperto de ese antro.

Amado había ido a buscar la partera desde las seis y a las nueve ya estaba de regreso. La partera iba lista, una vez más, con alcanfor, ruibarbo, cornezuelo de centeno, por aquello de una hemorragia posparto. Había recomendado sahumerios, ungüentos y baños tibios, enjundia de gallina y otros aceites que, untados del ombligo hacia abajo y en el espinazo, decía la Eufrasia, evitaba que se dislocara.

Y para ablandar la matriz, almizcle de cusuco frotado con ámbar (llevado de tierras extrañas) y solo usado en pacientes con suficiente capacidad pecuniaria.

A la Eufrasia, se le habían muerto muy pocos niños y niñas en el parto y menos madres en el proceso. Algunas murieron días después, pero jamás se le atribuyó a la impericia de la partera, sino debido a la *dejazón* de la madre, que no seguía al pie de la letra las recomendaciones: no bañarse antes de diez días, jamás meterse al río antes de la cuarentena ni acostarse con hombre casero; algunas soterraron a sus maridos para hacerse de otro que no fuera gato casero, a riesgo de que el benjuí no hubiera hecho su magia cicatrizante, la cual había que poner a prueba.

Hubo casos en los que para mitigar los deseos libidinosos del marido y que la mujer no experimentara infortunios posteriores, la comadrona se prestaba (por una suma adicional) a los fuegos amatorios del marido de la convaleciente por el lapso prescrito de abstinencia.

Es el caso de Lucila, comadrona de Bagaces, que luego de poner a efecto su prescripción, se quedó al cuidado de un marido, quien aceptó voluntarioso, pues la Lucila era frondosa, joven y acometía sus deseos carnales con más vivacidad y no con los principios estoicos a los que se había acostumbrado el susodicho marido con su esposa, propensa a hincarse y rezar antes de acostarse a su lado para procrear un nuevo ser.

Ese tal Casimiro Lacayo, no conocía a su mujer desnuda, ni ella a él, ya que el acto sexual solo lo llevaban a cabo luego de solicitar permiso al Altísimo y para el fin con el cual había sido creado, pero también porque las candelas eran muy caras y de día esos actos pecaminosos no se permitían.

La propensión al deseo era inmediatamente reprimida y si Casimiro escuchaba algún jadeo, que delatara satisfacción, la golpeaba inmediatamente y se truncaba el acto. Golpiza que ocurría con alguna frecuencia pues la pasión con la que entraba Casimiro no discriminaba orificios y lo que más deseaba su consorte (diez años mayor que él) es que después de la golpiza siguieran los escarceos hasta culminar con el acto que la había hecho jadear.

En algunas ocasiones, en compensación, la mujer de Casimiro no tenía que salir a la mañana siguiente con un pañuelo en la cabeza, prueba irrefutable de que la noche anterior había procreado un vástago, más para ayudar en la milpa, aporrear los frijoles, montar a caballo o montar la hija del vecino y si no, por lo menos, una boca más que alimentar para que un día se vaya con el primer fulano que encuentre y mientras tanto sacarle todo el jugo que se pueda en la casa: ordeñar las vacas, cuidar las gallinas y dejarse manosear por Casimiro de vez en cuando, después de los diez años porque antes no se ganaban una caricia de ese padre respetable, que alguna vez lo vieron en misa golpeándose el pecho: "por mi culpa, por mi maldita culpa".

A la una y diez de la madrugada llegó al mundo Placentino. La mona brincaba del techo a los árboles cercanos; se escuchaba claramente porque era verano y el concierto de las hojas, en su danza nocturna, develaban sonidos irrefutables, que bajaban a desahogarse en la habitación donde nacía el segundo y último hombre en la familia.

--Por fin el Señor me ha perdonado –dijo Pacífica— al recibir el niño en sus brazos.

Otra niña habría sido otro dolor de cabeza, un remedio incierto a la imaginación. Un cuerpo más, sometido al imperio de los hombres que vagabundean en libertad por los senderos de la montaña.

--Y si nace otra güila, para qué –había pensado--. Pero que sea lo que vos querás, Señor, porque venimos al mundo para hacer tu voluntad y no la nuestra.

Lo nombró Placentino, no por su acepción de torta o pan achatado ni por su raíz indoeuropea, de la cual surge también la palabra placer, sino porque escuchó decir a la Eufrasia la palabra placenta y le pareció suave como la brisa en su gran patio, donde solía echarle maíz a todas sus aves de corral, pero sobre todo porque así se llamaba un hermano suyo, que ya había muerto.

--Cabrón güila *pa'* gritar –dijo Juana— cuando lo llegó a conocer.

Eufrasia, que también practicaba la nigromancia, auguró un hombre perseguido por las mujeres y es cierto que desde corta edad ya lo perseguía una mujer que se enamoró de él, al extremo de dejar sus carnes en una batea.

Ocurría, dicen, aquel sortilegio después de las nueve de la noche, especialmente, en los días fastos. Iba la mujer hasta un lugar solitario, se llevaba un gato negro (debía ser completamente negro) lo encerraba en una olla grande de hierro fundido, después prendía una hoguera donde acomodaba la olla en tres piedras y a fuego incandescente.

Ponía en una batea tres cirios morados, tres verdes, una piedra amatista morada, incienso de sauce y lavanda.

Quemaba los inciensos y los colocaba en las esquinas de la batea. Se posaba en el centro y se empezaba a desnudar, mientras iba pronunciando la siguiente oración: "oh espíritus de la noche, les pido que transformen este cuerpo y que ingresen en el círculo interior. Estoy protegida por este guía de la oscuridad, que les ordena. Les ordeno, espíritus de la noche terrenal que vengan a mí y desencadenen estas carnes de mi cuerpo y se vuelva de acuerdo con mi deseo".

En ese momento, el terror de cualquiera que pasara por ahí no le permitiría valorar las significaciones de la carne cayendo en grandes trozos en la batea. Las promesas de restablecer el cuerpo quedaban manifestadas tácitamente con solo volver a la batea antes de que cantara un gallo a las tres de la madrugada.

El gato emitía gritos desgarradores en la olla, lo que contribuía a que los espíritus desencadenaran sus ofrecimientos sin dilación. El frenesí duraba unos treinta minutos, no más.

La mujer en ese lapso había logrado llenarse de pelos y adoptar la figura de una mona con todas sus habilidades.

Esta mujer solía visitar a sus vecinos para enjaular la imaginación de algunos y algunas con sus hechizos de mutación. A los ojos de los hombres era una mujer bonita.

A veces cambiaba el procedimiento y se convertía en chancha o simplemente en una mujer vestida de blanco transparente, que se posaba en los caminos y hacía recular a las bestias y muchas veces, caer al jinete, quien no debía verle la cara, so pena de quedar estúpido para siempre.

Estas y otras recomendaciones le dio Eufrasia a Pacífica el día que nació Placentino y escuchó la mona en el techo. Lo van a perseguir las mujeres –le dijo--.

--Santísimo Sacramento –atinó a decir Pacífica— y en ese momento la mona saltó del techo a un árbol cercano. Amado salió con una cruceta en la mano derecha y la Biblia en la izquierda, sin atender las recomendaciones de Eufrasia, que estipulaban que había que salir con la cruceta en la izquierda y en la derecha un puño de sal y decirle al espíritu: "mañana vendrás a pedir sal", pero Amado pensó que como no sabía leer, la Biblia no surtía ningún efecto.

No pocas veces llegó una mujer a la casa de los vecinos a pedir sal e infinidad de veces salió el hombre de esa casa a cinchonear a la menesterosa, que no sabía la razón de semejante atropello.

Hubo una vez que llegó una mujer a su casa llorando por la zurra tan descomunal que le habían dado, que su amante, quien la había mandado a pedir sal, tomó su cruceta y llegó hasta la casa del agresor. Pateó la puerta y le gritó al hombre que saliera para que le pegara a él. Salió el agresor de la mujer a aclarar las cosas entre hombres, pero lo hizo desarmado. Cuando abrió la puerta, recibió el primer filazo en el hombro y no tuvo tiempo de retroceder, en la puerta recibió tantas heridas y tan seguidas que cuando salió su mujer, el hombre ya estaba desangrado en el suelo.

--Y ahora tráigame la sal, que les vino a pedir la mujer.

La vieja corrió a llevar un huacal de sal. Esa misma noche, antes de dar las nueve, ya ardía en llamas la rancha del macheteado.

Su mujer estaba adentro, llorando al muerto y no le permitieron salir. Eran unos viejos de unos sesenta años, a los que les fueron a pedir sal para quemarles la casa.

A las dos semanas, estaban unos peones de Moncada limpiando las trochas y los cercos de esa finca. Para entonces algunos vecinos intuían que Moncada había mandado la querida con el fin de tener un pretexto en contra del viejo.

--Y que no era mi esposa –dijo— si no, los hubiera amarrado desnudos a un guarumo hasta que se los comieran las hormigas.

Moncada mantenía por lo menos tres queridas fuera de su casa, en diferentes tiempos y todos alrededor debían respetarlas, so pena de perder incluso sus vidas.

Amado no vio la mona y Placentino llegó al nuevo día rebosante; disponía de mucha leche y tres hermanas que se lo peleaban.

--Vos no podés *chiniarlo* Alicia, va y se te cae.

--Dejámelo Teodora.

--*Naide* lo va a alzar, le pueden dar mal de ojo, lo pueden quebrantar –recomendaba Pacífica--.

Creció saludable Placentino. Cuando cumplió nueve años le compraron su *balaú.* Al principio andaba apuntando y disparando chorchas, viuditas, oropéndolas y cuanto animalillo se encontraba, pero pronto le dijeron que tenía que pagar las balas con la venta de alguno de sus caballos o vacas.

--Nos vas a arruinar con esa compradera de balas –le espetó su madre--, pero cuando lo vio, un día de tantos disparándole a un colibrí, lo aderezó con una tajona. La vida se respeta. Solo se matan animales para comer, solo se corta un árbol si es necesario, solo se ordeña una vaca si la leche se aprovecha.

Y mientras recitaba esta cantaleta, le caía a Placentino esa lluvia de cuerazos de coyundas finas en la espalda, las piernas y Placentino como un saltimbanqui, gritando: "Mita ya no".

--Y ahora entrá a la casa y cuidá la hermanita y te quedás quieto, donde yo te vea.

De algunas vicisitudes que pasó Juana y de cómo llegó Estebana al mundo.

Legítimo el placer de sentirse amado porque una madre que no flagela a sus hijos es porque no los ama, había dicho el padre en la misa a la que asistió Pacífica por la muerte de papa Ubaldo.

Entonces era un privilegio, no excepcional, pero sí moral pues de lo contrario la progenie crecía sin leyes, frágiles a la naturaleza humana, proclive al mal.

--Mire en qué ha parado la Juana por falta de palo –vociferaba Pacífica--.

Juana se había ido de la casa a trabajar a Alajuela. No tenía las recetas necesarias para salir del campo, pero se marchó.

--¿Por qué la Juana ensilla la mula y se va? –se preguntaba Amado--.

Juana era insurrecta, después de la obediencia ciega, renacía como la erupción de un volcán, una mujer agreste, indómita y entraba en la cocina, tomaba un tizón y amenazaba al que se le ponía por delante.

La vez que se marchó, le había prendido fuego a la troje con diez fanegas de granos. Ahí se fueron frijoles, maíz, arroz, trigo, cacao y café, estos últimos en menor cantidad.

--Si vuelvo a saber que te *juiste* donde tu tata, te voy a amarrar de la solera de la troje --le había dicho su madre--.

Juana, una tarde, ensilló la mula, tomó su *balaú* y emprendió el camino al ritmo del calor y la sequedad. Troc, troc, troc, troc, se bamboleaba la Juana en su mula, detrás solo los gritos: "ya sabeeés Juanaaa".

Eran las tres de la tarde de la semana siguiente cuando regresó Juana. Para entonces ya estaba el mecate en la solera de la troje.

No tuvo tiempo de bajarse de la mula, Amado y su madre la estaban esperando. No hubo subsidios éticos, se calendarizaron todas las huidas. No se le leyeron derechos, no existían.

El ejercicio del poder se hizo absoluto y casi en vilo fue llevada por exceder su libertad: Se dicta sentencia condenatoria con privación de libertad sin derecho a fianza y cuarenta latigazos en la troje y se declara que la sentencia condenatoria podrá ser prorrogada mediante resolución fundada, por doce meses, todo en contra de Juana Ordóñez Delgado por insurrección y desacato a la autoridad.

Se declara, además, inmolación al desacato, que no a Juana, por mencionar que escuchó voces que le decían que debía marchar hacia la libertad, puesto que en poco tiempo cumpliría los dieciséis años, además de que su fervor hormonal la hacía emprender el viaje desde y hacia territorio enemigo. También se autoriza la asistencia al público a la ceremonia para que sirva como método ejemplarizante.

Y fue así como la amarraron de las manos, mientras Juana pataleaba tanto que atinó a darle una patada en los testículos a su hermano, quien redobló esfuerzos para sujetarla.

--*Pa'* eso sirven las mujeres, *pa'* revolcarse con cualquier pendejo –dijo Amado— quien apenas tenía ocho años.

--Callate cabrón –le reclamó Teodora— mientras ayudaba en la horrible faena.

Juana tiraba manazos y patadas a diestra y siniestra, tratando de no pegar a su madre. Teodora se llevó dos cachetadas, pero al igual que Amado, también redobló esfuerzos.

Pacífica se cansó de las rabietas y la aderezó con la verga de toro, que llevaba preparada. Fueron tres reventonazos en la espalda, que terminaron por doblegar a Juana.

En el seno de la familia Ordóñez hubo tendencias que aspiraban a unificar los rituales, a fin de que no se diera ninguna desintegración en el desarrollo y conservación de las tradiciones, por eso ya estaba preparado el mecate en la troje y el banco donde se tendría que subir Juana para escuchar (antes de que tiraran el banco de un puntapié) los pormenores de su condena y enterarse de las razones por las cuales no podía ser absuelta.

Trepó Juana sin derramar una lágrima, colocó sus dos manos juntas, como se lo exigían sus verdugos y después de haber sido atada, la subieron, quedando con sus brazos en alto y acto seguido patearon el banco.

Quedó todo su cuerpo a expensas del verdugo, quien inició la flagelación inmisericorde, hasta lograr el llanto primero y después los gritos de dolor, cada vez que caían en su espalda los latigazos del cuero crudo.

Después se marchó su madre, callada, arrastrando los pensamientos, tratando de desvincular el río, el vestido roto, la sangre, la arena y ese abismo imparcial en el que le temblaban las piernas, la virtud.

En su mente seguía la frase de su pequeño hijo: "Para eso sirven las mujeres..."

Moncada volvió por el mismo sendero seis años después de este acontecimiento. Encontró a Pacífica sola, en mitad de la nada. Llevaba el Viejo el sombrero boca arriba, en la mano izquierda, por si alguien lo quisiera matar.

Ella espoleó el caballo, detrás iba el verdugo.

¿Por qué estaba Pacífica sola, revisando potreros a dos horas de la casa? Nadie lo supo.

La angustia le hizo señas detrás de un matorral, las formas, el viento, el ruido del río evocó su impotencia años atrás.

El caballo con espuma en el hocico y ella implorado al dios de los débiles: "¿Por qué Señor de los ejércitos?" En ese momento se le interpuso la fuerza bruta, que la llevó hasta el matorral.

Humedecida la mirada, consumidas todas sus fuerzas. La mujer, que era un horcón en su casa, cayó por entre las hojas secas.

Intrínseco el desaliento milenario de la mujer, como una propiedad circunstancial.

--Estás más buena que tu hermaaana, Pacificaá.

Nunca se dijo nada. Emergieron los vómitos, se dislocó el sueño, la mezcla de inviernos podía leerse sin prescripciones en la mirada. El calendario inició su régimen y surgieron las sospechas.

--Nada tenés que reclamarme –le dijo a Amado— la vez que le preguntó quién era el padre de esa criatura.

Justo era el equilibrio de los días y se esperaba al o la recién llegada la víspera de la salida de los toretes, pero se adelantó dos meses y no era un niño, era otra mujer. Era el castigo por andar Placentino matando pajaritos, cariblancos y hasta mapaches, pensó la Pacífica.

Esta vez no llegó la matrona, Estebana nació en el río, un 21 de noviembre de 1938, como una forma de recordar la ignominia que sufrió su madre.

Estaba Pacífica con Alicia, lavando ropa porque ya no volvió a salir sola. De pronto entró esa rotura incierta y emprendió el líquido amniótico una progresiva salida, hasta dejar sin hidraulicidad ni equilibrio a ese último germen de la vida, que cayó al agua fría y torrentosa. Salió de ese reducto tibio al que jamás volvió Estebana porque su muerte la recibió con frialdad, sin grandes preocupaciones, recostada al alero de la cama y por entre las rendijas husmearon la tranquilidad de sus últimos treinta y ocho años de vida placentera, solo acuciada por los recuerdos.

Desde los 53 años no tuvo que preocuparse por pensar cómo pagaba la luz, el agua. Tuvo las gallinas, patos, perros caballos y vacas que quiso. No tuvo preocupaciones por dinero, para entonces había regalado una parcela a unos pobres. Dejaba que el tigre se comiera los potrillos solo porque un día cualquiera le daba pereza ir a traerlos allá cerca de la montaña y no quería mandar a nadie.

Le daba de comer a los pobres que se encontraba y le parecían agradables y a los que no, lo maldecía y odiaba, como si le hubieran hecho algún daño.

Le cortaron el cordón umbilical con un machete, que siempre cargaban. Se la llevaron de prisa hasta la casona y la arroparon. Placentino fue a llamar a Teodora y en menos de media hora ya estaban los dos de regreso.

El fogón tenía brasas cuando llegaron y pusieron a calentar agua. Hicieron acopio de la etnomedicina que habían practicado por años: pusieron un cuero crudo y varias cobijas porque Pacífica todavía sangraba. Volvieron a cortar la punta del cordón umbilical con un carrizo, por aquello de que el machete pudiera infectarlo.

Buscaron orégano, pero no encontraron, sí en cambio manzanilla, juanilama, romero y salvia, sin embargo, no sabían cómo usarlas.

Todos estuvieron muy preocupados porque no pudieron enterrar la placenta, ya no debajo de la cama, pero sí por lo menos cerca de la casa para que la criatura no llorara mucho y se impacientara. Esa fue la razón por la que Estebana fue llorona y proclive a las rabietas, que jamás pudo contener.

--Hay que matar una gallina --recomendó Teodora— *pa'* hacerle un caldo a la Mita y todos los días hay que estarle dando caldos *pa'* que dé bastante leche porque esta criatura viene muy chiquita y desnutrida.

--¿Y qué es lo que se hacía con el ombligo? --preguntó Alicia--.

Todos se quedaron en silencio, hasta que Placentino dijo, que se le echaba alcohol, según una recomendación de Juana. Pero no había alcohol, entonces buscaron guarapo y con eso resolvieron.

--¿*Verdá* que ya no hay *necesidá* de bañarla Mita? –preguntó Teodora--.

--No –contestó Pacífica— se bañó en el río.

--Bueno, ya no puede comer frijoles ni guineos ni leche agria Mita –continuó Teodora--.

En ese momento entró Rafael Amado Eulogio a la casa. Lo primero que preguntó fue si era un niño. Frunció el ceño cuando le dijeron que no. Había comprado una carbura (la última novedad) por si la criatura llegaba de noche.

Poco tiempo después Pacífica mandó a comprar dos más, pues servían no solo para guiar los bueyes en la noche, sino también para montear.

Los demás siguieron con sus tareas; rompieron unas sábanas viejas con la finalidad de fajar a la niña, pues se podía lastimar o salírsele el ombligo cada vez que llorara.

--Al llorar hacen mucha *juerza* --dijo Teodora--.

También recordaron que había que ponerle una ramita de güitite a la bebé cuando estuviera quebrantada o no quisiera dar del cuerpo, pues una piernita se le podía hacer más corta.

--La ramita se le mete en el culo, se le da vueltas un poquito y cuando se saca, se le viene todo lo que no había podido cagar la niña --dijo Pacífica--. Hay que recordar que el masaje se hace del lado de la pierna más corta, desde la cadera y la nalguita a lo largo de la pierna y eso hasta que las dos queden del mismo tamaño.

Placentino fue a buscar ojo de buey para calentarle el ombligo a la niña. Rafael Amado ya había salido del cuarto un poco decepcionado por la recién llegada.

Seis meses después regresó Juana. Había sufrido la humillación sudorosa de no saber barrer, lavar los platos, limpiar ventanas, por eso el pelirrojo de la casa de ricos donde la enjauló una tía, le cobró su ignorancia con piropos obscenos al principio y amenazas después: que si no limpiás bien, que si te levantás después, que la ropa.

El sudor amenazante, la habitación al frente, la estupidez de unos brazos tiranizando…

--¿Y si te pago un poquito? Me gusta tu hermoso culo… dejame…

Inclinada al piso, contra la pared, prohibidos los gritos, conciliador el tono y el cierre de las puertas.

Juana interpuso todas sus fuerzas ante la perversidad, subversivos los silencios, agotadas las excusas, aceptó otras prebendas para marcharse una mañana cualquiera, humillada, con la noche teñida de chimeneas, como el vapor sediento de la montaña, desilusionada de tanto cuento.

En sus días libres salía con otro hombre al que le echaron el chicharrón de la panza que estaba pronto a aparecer.

--La *ciudá* no es *pa' mí*.

Llegó a Bagaces la Juana cuando despuntaba la noche. Pálido ese atardecer sin rumbo. Se quedó donde el chino Luis y con los primeros rayos de un sol malhumorado, salió para emprender el regreso.

Apacibles los pasos, redescubriendo el camino, los recuerdos. De pronto se bifurcan y los deseos se vuelven ubérrimos.

--Me voy *pa'* la Sierra –pensó— y el gesto burlón del mediodía la acompañó con su estampida de rinocerontes hasta la casa de su padre.

--Vengo a quedarme –le dijo--.

--Esta es tu casa –le contestó el Viejo--.

Moncada la vio llegar con su esperanza disuelta, pero no estaba dispuesto todavía a darle una finca porque no se la había ganado. Fue después de que volvió con María Ester, que el Viejo inició nuevamente sus escarceos; sin embargo, ya estaba muy ocupado con Orfilia para darle toda su atención a Juana.

Ahí estuvo Juana ayudando a cuidar los hijos de la segunda esposa de su padre y él decidió regalarle Santa Lucía, nueve años después de ese regreso, no porque ayudara a cuidar los hijos de Orfilia, sino porque ya empezaba a aceptarlo.

Pacífica le había regalado Santa Elena después de que parió a su primera hija, María Ester.

--Tenés que empezar la vida con algo –le había dicho— la niña no tiene por qué andar rodando.

Quince años más tarde les contó a sus hijos que esa finca, Santa Elena, ella la había comprado y que Santa Lucía también.

Santa Elena se la dio su madre, no solo porque no quería que saliera a rodar con una niña, sino también porque sentía un enorme sentimiento de culpa por haberla guindado cinco años atrás. Había sido amarrada de las manos a la solera de la troje, por eso le prendió fuego, para eliminar la etiología de ese sentimiento apócrifo de la educación, de doblegar la rebeldía. Cuarenta años más tarde, la última hija de Pacífica adoptaría el mismo principio, como una herencia implacable de la cultura, para doblegar la resistencia, que era por aquel entonces un principio de cobardía peligrosa, igual que González Flores había abandonado el poder sin resistencia.

Todas esas escaramuzas tenían enormes incidencias en la moral de los campesinos y campesinas, pues si había una refriega, pasaban por las fincas pidiendo o robando cuanto se les ocurría. Por donde doña Pacífica pasaron grupos de forajidos llevándose una vaca, unas gallinas, unos chanchos, unos hombres y si era posible una muchacha con tal de que sirvieran, vaya usted a saber en qué. El caso es que en las fincas escondían a los muchachos y muchachas en las montañas. Una vez alcanzaron a ver a uno que se le había hecho tarde:

--¿Y vos, con cuál bando vas?

--Con ninguno patroncitoó, me resisto a combatir...

--Bueno, pues aquí te vas a tener que cagar en los pantalones porque todos tienen un bando.

--Yo noo... patroncitooó.

No lo dejaron ni defecarse en los pantalones y hasta la casona se escuchó el berringazo.

En esos días estaban Papa Pepe y Yondá cuidando a Pacífica, pues Juana era muy pequeña, tenía escasos cuatro años.

Todos creyeron que habían matado la vaca, que se llevaron y por supuesto nadie fue a averiguar, hasta dos días después que descubrieron el cuerpo del nica que se había quedado en la finca para ganar un poco de dinero y proseguir rumbo a la bananera, donde decían que sí se ganaba bien.

Así que primero fueron los Tinoco, con su inspiración militar: el 27 de enero de 1917 inició un golpe militar para derrocar a González Flores. Un mes más tarde fue asesinado Ermenegildo Díaz, sin haberse cagado en los pantalones, por rehusarse a combatir, por no tener un bando, por no tener ningún tipo de resistencia. Igual como lo hizo Federico Tinoco al bajarse los calzones y ofrecerle a Estados Unidos la isla del Coco, el establecimiento de una base naval, el uso de los puertos y aguas de Costa Rica, por dicha Woodrow Wilson lo vio como lo que era, un charlatán rompiendo relaciones diplomáticas con Alemania para congraciarse con Estados Unidos.

Fue Federico Tinoco una de las lacras de la República, que promovió las escaramuzas de sus esbirros por aquellos confines donde poco o nada se enteraban de quién asumía el poder. Fue de esas lacras que dejaron al país en la ruina, como ha ocurrido actualmente también, con la diferencia de que el tal Tinoco fue presionado por el gobierno de Woodrow Wilson (siempre EE.UU. interviniendo en la soberanía de Costa Rica y el mundo) y la oposición interna, encabezada por Julio Acosta y decidió soltar el poder el 12 de agosto y ocho días más tarde del año de 1920 el Congreso acepta su renuncia y parte hacia

Francia con algunos de sus parientes, llevándose cien mil dólares, saqueados de la sucursal costarricense del Royal Bank of Canada.

Durante su gobierno no hay obras que puedan resaltarse, excepto muerte y destrucción; sin embargo, hoy algunos de sus descendientes, quieren que ese miserable esté entre la galería de jefes de Estado y presidentes de la República, que se enmarcan en la Asamblea Legislativa de Costa Rica. Por supuesto, sabemos que muchos y una de los que ahí están, no son dignos de pertenecer a esa galería, empero; sus fechorías no se pueden comparar con las de Federico Alberto Tinoco Granados.

Trata de cómo Moncada cebaba, no, celaba a su hija y de una probable razón del odio que le tenía Amado al Viejo.

En esos días casi mata Moncada a Conrado por su atrevimiento de ir a *serenatiar* a Juana. Parece que la iba a ver por las noches y el Viejo no se había dado cuenta, pero cuando se enteró, mandó a hacer un *güeco* y cuando llegó el muchacho, le quebró la quijada de un leñazo. Se lo *apió* del garrotazo, pero logró levantarse, montar en su mula y escapar.

Pasó por donde mamá pidiendo ayuda. Ella lo vendó y le dijo que no se *juera* por el camino de Jericó, sino por el de El Cajón.

Moncada ya lo venía siguiendo y llegó dónde mamá y le gritó desde el caballo que si tenía a ese hombre en su casa.

--No he visto a ningún hombre --le contestó la Mita -- recuerde que este es un camino real y pasa cualquiera.

--Si me doy cuenta... --dijo el Viejo-- y se *jue*.

Al día siguiente volvió, se bajó del caballo y amenazó a mamá con el revólver.

--Aquí viene un rastro de sangre --le gritó-- y se detiene en tu casa. Ese hombre está aquí.

Mamá estaba moliendo y le contestó:

--Entre y lo busca, el rastro de sangre es de un torete que tuvimos que arrastrar porque se quebró, vea donde está la carne secándose. El Viejo no entró y se *jue* por El Cajón.

Rigo le había dado dormida a Conrado con tal de que saliera temprano el día siguiente hacia Liberia. Rigoberto le tenía miedo al Viejo y cuando llegó, la que salió *jue* Teodora.

--¿Qué busca? --le preguntó la mujer--.

--A *Conrao*, le vengo siguiendo el rastro.

--Por aquí no ha *pasao*.

--Pero si aquí viene la *juella* de la mula.

--¿*Usté* sabe cuántas mulas tiene Rigo y entran y salen de aquí? Sepa que a mí no me asustan las armas porque mi madre me enseñó a usarlas de mañanita.

Teodora había salido con un bocón y cuando el hombre se quiso llevar la mano al cinto, ella ya tenía el rifle recostado al hombro derecho. Entonces el Viejo se fue sin decir una palabra más.

Subió el río El Zapote y alcanzó la trepada para seguir a Conrado, pero ahí se le perdió el rastro por el polvo de cascajo y se devolvió.

Moncada siempre andaba un revólver al cinto, una cruceta a un lado y una guape al hombro, era una veinte guape y ya ve, con todo y eso se lo echaron.

La cosa es que se salvó el hombre. Era a la Juana a la que Conrado andaba buscando, dijo Estebana.

El hombre ya la tenía hablada porque no iba a llegar a buscarla así no más, menos de noche y Moncada también, ya se la tenía guardada al mentado Conrado Estrada. Era de Liberia el carajo.

A Juana, a veces, se le ocurría llevarme a la finca donde vivía, con el pretexto de que iba a dormir sola. Le decía a mamá que me diera dos mudaditas para el fin de semana. Me llevaba, pero cuando ya eran las tres de la tarde, yo armaba un berrinche de vámonos ya.

Eso quedaba allá en Cerro Gordo, adelante de Las Pulgas. Estaba como a una hora a caballo.

Mientras ella encerraba los terneros, yo le decía: "vámonos ya, aquí no me gusta" y ella me hacía una cosa y me hacía otra: atolillos, una vaina bien rica con chocolate, perrerreque y requesón con tortilla.

Ya empezaba a oscurecer y entonces yo le decía:

--Bueno, si no me va a dejar, me voy sola.

--Y cómo se va a ir –me contestaba--.

--A pie y salía por la puerta con rumbo al potrero. Ella salía corriendo detrás de mí, me agarraba y me llevaba alzada de nuevo a la casa.

En ese tiempo Juana ya era una mujer hecha y derecha, tendría unos veintisiete años. Yo no sabía hasta dónde podía llegar el peligro de irme o solo la estaba amenazando con que me iba. Me podía cazar el león, apenas tenía cinco años.

Muchos años después, hubo quién se preguntó cómo quedó tan pobre la Juana, si el hombre con el que se fue y con el cual procreó dos de sus hijas y un hijo por interés, era tan rico. Tenía tantas tierras, tanto ganado, tanto de todo.

Tenía también muchos hijos e hijas y cuando estas crecían un poquito, las empezaba a manosear hasta que un día cualquiera, por las buenas o por las malas... Después de sus nueve, diez o catorce años, dependía de lo frondosas que estuvieran o de cuánto creyeran en los embrujos que él les podía echar si no accedían a sus escarceos.

Las llanuras, los bosques y el cielo estrellado supieron del conciliábulo entre padre e hija, no hubo interdicción ni tempestades, cada cual fundó su lúdica comprensión, sin miedos, sin grandes revelaciones.

Todo ocurrió en los lienzos ociosos de los atardeceres, de las noches lluviosas, obedientes al ocultamiento de los cuerpos, allá en Santa Elena.

Había señales en el deleite de llevar el sombrero bocarriba, para asombro de los piadosos, por aquello de que se le resistiera una hembra o lo quisiera matar un macho.

Moncada emprendía senderos sin ambages, abnegado a la tendencia de tomar entre sus manos todo lo que alcanzaran a ver sus ojos. Quizá por eso Amado lo odiaba, por ver a su madre, por ver a su hermana, por ver sus tierras, su ganado, por haberle pegado un garrotazo a él mismo. Su madre le decía:

--No guardés rencor Amado, que el rencor te puede matar.

Amado andaba siempre armado hasta los dientes: cruceta, un puñal, escopeta y revólver.

--Le tenés miedo a ese hombre –le decía— Rigo Lacayo--.

--Si lo encuentro, lo mato –contestaba Amado--

.

Pero no era fácil encontrarlo o era un sofisma el encuentro porque podía ir hasta su finca a sacar a Juana del pelo, como decía siempre.

--Dejala –recomendaba su madre— eso es lo que ella siempre quiso.

La certidumbre de que era mujer de Moncada la hacía sentirse fuerte, intocable y se relamía con los embustes del Viejo.

Todas esas historias eran intercambios en los acompañamientos de los caminos.

--¿Supiste?

--Sí, ya tiene rato y si esos son los pedos, la mierda quedó ensillando.

--Sí compadre.

El patrimonio de Moncada se ensanchaba con su perversidad.

--Vos le tenés miedo a *Moncaaada, Lacayooó*.

--*Nohoom*, es que es legíiitimo *esihombre*.

--Me lo voy *apiar*, vas a ver. Y vos, dicen que jodiste a la China –continuó Amado--.

--Se *panzonió* la *jodía*.

Y continuaban su camino invisibilizando una agresión que era parte de la cultura, una ofensa que no sería castigada ni por Dios ni por los hombres. Avanzaban en la prolongación del acoso y el abuso perpetuo, como pasivo objeto que está ahí para poseerlo.

La China se había quedado a cuidar los güilas de Teodora, se había quedado a perpetuar el dominio y sin renegar, sin resistirse, porque la resistencia era y es peligrosa.

Se acostó a la simbólica naturaleza de su ser, como principio femenino, puesto ahí para enaltecer al macho.

La China *jue* tan mal sufrida, tan mal arrendada que cada vez que mamá la regañaba, tiraba todo a la mierda, ensillaba su yegua y se iba para Las Ventanas, donde la abuela Cristina, a ponerle quejas.

Viajaba dos horas a caballo. A veces iba y volvía en seis horas, otras, se iba para Puntarenas porque ahí vivía una prima hermana de mi abuelo, por eso cuando mandaban a hacer los zapatos, no le hacían a la China porque casi nunca estaba para que *juera* a Bagaces a que le pintaran la pata donde Lalo Baltodano.

Al Chino y a Mirian no le mandaban a hacer zapatos porque estaban muy chiquitos, a mí me los hicieron después de que cumplí nueve años, esa vez también me compraron mi *balaú*.

El Chino se crio en la finca El Zapote porque en un berrinche de esos Alicia agarró la yegua, los chécheres viejos y dejó al mono ahí botado, como un perro.

Mamá también se quedó con Mirian cuando estaba muy chiquita --de meses-- porque la China no la cuidaba. David Ruiz era el padre de esa niña.

La China tuvo además de Marcial, a Mirian, a Mercedes y a Bruno. Todos murieron, menos el Chino. Cuando nació la siguiente chiquita, le pusieron Brunilda, por el niño que se les había muerto.

David Ruiz, el papá de Mirian, llegaba donde la Mita a ver a la China. Ese hombre la conoció en Bagaces porque la Teodora y la China eran bailadoras, no había fiesta sin ellas.

En las fincas grandes, en aquel tiempo, se hacían fiestas y serenatas. Iban hombres a *serenatiar* muchachas. A mi hermano Placentino le encantaba andar en eso, por lo que aprendió a tocar guitarra, quijongo y dulzaina, pero también cantaba.

Mamá les compró guitarra a Amado y a Placentino.

Placentino iba a *serenatiar* con los nicas que estaban en la finca, por eso después se compró una dulzaina y un quijongo. Uno de esos nicas era don Juan Suasso, el tigrero de la casa, a él también el tigre le mató algunos de los perros.

El tigrero de los Wilson se llamaba Felix Avilés. Ser tigrero era todo un oficio porque no cualquiera se atrevía a seguir el tigre.

Narra de cuando la China se fue para Quebrada Grande y de cómo se cuenta una falsa historia de donde atraparon a Ceferino.

Al nacer Mirian, se fue su madre al otro lado del Orbe, para que Bartolito le aplacara los paroxismos.

--No son demonios –dijo el curandero— tampoco se puede decir que falta de hombre. Va a tener que quedarse aquí por mucho tiempo porque no es fácil averiguar esta *enfermedá*.

Empezó recetándole ruda, pues era una defensa contra los hechizos, no fuera que le habían conquistado el corazón. Así que el matasanos dejó una rama a la luz de la luna, durante tres noches y en el día la guardaba en un cajón de madera. Con esta rama frotó a Alicia y luego le pidió que tomara una de su herbolario y la plantara en la casa donde ella vivía, pero que debía creer en sus propiedades. En esto no tuvo ningún problema porque Bartolito había sido el curandero de cabecera de Pacífica y ya Alicia tenía todas las referencias necesarias; sin embargo, el brujo olvidó decirle que no arrancara ruda macho, pues de ser así, tenía que sembrarlo al lado izquierdo del jardín y la China lo sembró en el centro del lado derecho.

La casa donde vivía la China tenía un espacio para matas a ambos lados de la entrada.

La rama con la que el hechicero frotó a la China empezó a marchitarse, lo cual debía ser una señal de que se estaba llevando los males; sin embargo, no sucedió así, en cambio la que sembró en su jardín ahuyentó los sapos y ya el gato que solía defecarse ahí, dejó de hacerlo.

Como la ruda no diera los resultados esperados, continuó con el árnica pues consideró el tal Bartolo que seguramente el agarrotamiento de las articulaciones provocaba esas torceduras extrañas. Lo asombroso fue que no quedara, después de un ataque, con dolores musculares, sí, muchos traumatismos, por lo que definitivamente el árnica debía funcionar.

Luego dijo que todo había comenzado con un empacho hacía varios años, pero que no sabía cuántos. Después la mandó a tomar uñas de gato cocidas.

--¿Cómo consigo el gato? –preguntó la China--

.

--No es el gato –le respondió apaciblemente, Bartolo--. Medio litro al día.

Fue una del demonio poder cortar las uñas de los gatos. Nadie quería prestar los gatos para ese remedio y ya no llegaban a defecar en el jardín.

Mucho tiempo después de que habían logrado matar dos gatos y quitarle las uñas, el mismo curandero le dijo: “con razón no te has curado muchacha, es una planta que solo se consigue en Limón y yo me olvidé dártela.

Bartolo tenía senilidad prematura.

La china Alicia llevó el tratamiento con ese ensalmador durante dos años, pero no mejoró, lo que sí encontró fue al amor de su vida, que pocos años más tarde perdería a causa del asesinato de Moncada.

El día que llegó el Resguardo a llevarse a Ceferino, estaba la China en la quincuagésima octava cita con el curandero.

--Vamos a tomar medio *guacalito* de apazote en ayunas. Lo ponés a hervir, lo enfriás en sereno y te lo tomás. Esto durante un mes, después venís *pa'* ver los resultados.

--¿Todos los días?

--Nooo, una vez a la semana.

--Ya *creiba* yo porque *acuantá* me dio cagadera por cinco días. Casi me muero, por eso *nomilo* seguí tomando.

--Por eso no te has compuesto, mujer.

--Te mando a tomar esto porque también andás con muchos pedos –le dijo antes de que se marchara--.

El curandero le había recetado el apazote porque la notaba muy delgada, muy nerviosa y deducía que tenía problemas cardíacos, además respiraba Alicia con dificultad, especialmente, cuando sufría los paroxismos.

Alicia quiso decirle que estaba embarazada, pero no lo hizo. La prescripción parecía correcta: no tomar por más de un mes, no tomar en grandes cantidades, solo medio huacalito en ayunas y solo hervirlo en recipientes de barro.

--Vamos pendejo, dejá que lloren esas mujeres –le dijo un policía raso a Ceferino--.

Las deliberaciones fueron ambiguas: que cuáles son los motivos, *queso asté* no le importa. Pero diay si me lleva preso, *quiusté* mató un cristiano.

Engañosas las distancias de una muerte que parecía simbólica. Las niñas gritaban mientras al padre lo llevaban a rastras hacia la delegación de Liberia.

--No *tiopongás* pendejo porque te va *pior.*

--Tanto que costó hacer la casita –iba pensando— mientras trotaba el caballo. Y ahora ¿quién cuidará de mis güilas y la China?

--Callate cabrón o te pego un vergazo. En ese mismo momento sintió el golpe en la espalda.

--Si querés hablar, decile al juez de paz por qué mataste un cristiano.

-Yo no maté a *naide* pratroncito.

Los sueños reducidos a la ignominia, como forúnculos de una realidad, que parecía de mentiras.

Meticulosa la sentencia que acarrea la miseria de las niñas proscritas al reverso de los manantiales, al reverso de los cantos del inagotable caudal de una mañana. Proscritas a la polimorfa ambigüedad de seguir viendo solo la muerte constante de una madre.

--*Quédensen* aquí mis chiquitas. Yo *agorita* regreso. Esto es una confesión del Resguardo.

Pero el resguardo de la ley no estaba confundido, los interrogatorios no aplazaban el camino, no trastornaban la memoria.

–Dios todo lo sabe y lo ve –les dijo--, pero los hombres del Resguardo no contestaron con palabras, lo golpearon con la verga de toro.

A las once de la mañana ya estaban en el cuartel de Liberia.

Alicia encontró a sus hijas llorando. Descalza la vida, huyendo del hambre, aletargados los días, las noches sin techo, arrimados a la alegoría del llanto, de las caídas, los paroxismos contra el polvo, las piedras, las puertas, las aldabas rotas de tantos matices de soledad.

Cayó la China por entre los bancos --que atinaron a romperle el pómulo-- indiferentes a las miserias, al dolor, el llanto y nació de nuevo el desconcierto, la sangre horadando la tarde y un famélico perro que llegó a lamer las heridas, a tratar de entender los estremecimientos.

--Un paño húmedo. Cogele las manos.

La vecindad en su imaginario, como una misión ante la espuma y los quejidos.

--Alcohol en el paño.

--Limpiale la boca.

Y la sangre, como un torrencial invierno que empieza a caer.

--Yo vi cuando se lo llevaron –se escuchó decir--.

Trata del primer viaje de Pacífica en avión, del posible embrujo que recibió; de su regreso a la finca y la llegada de la China a ver a sus dos hijos abandonados.

Hacía seis años que el chino Marcial se había quedado en El Zapote con su abuela. Su tío Amado no lo tajoneaba, le daba a menudo con el sombrero porque quería estar siempre en los ruedos de la abuela Pacífica, que ya mostraba signos de una enfermedad irreparable.

Marcial quizá lo intuía y le empezó a crecer una angustia sigilosa en el alma, demasiado grande para no matar los pajaritos que se posaban en los arbustos del patio, demasiado grande para no sangrar los bueyes con el chuzo, para no patear los perros, los gatos, para no aplastar la cosmogonía de las cosas.

Su abuela empezaba a morir y también se marchaba por entre los barreales de una carreta acolchada de jaragua, pues ya no podía montar a caballo.

--No se levanta la Pacífica.

La miseria se empezaba a aglutinar. Por entre los cuernos de la tormenta se escuchaban confabulaciones en los caminos, en la noche donde nadie se pudiera enterar.

Salieron una mañana, Pacífica amenazaba con no volver con vida. Teodora y Juana iban a Caballo, Estebana en la carreta, Placentino delante de los bueyes.

A hurtadillas entraban los rayos del sol por entre los árboles. El traquetear cadencioso de las ruedas se anidaba en las piedras, en los rescoldos del invierno.

Era verano y el camino tenía los resabios, las zanjas, como interminables serpientes.

No llevaban dos horas y ya habían superado la cuesta donde asustaban a Placentino, cuando los alcanzó un peón.

--Encontramos el entierro doña Pacífica, ya lo encontramos. El patroncito Amado quiere que vayamos a buscar a Bartolito *pa'* que lo saque.

--Vayan pues –dijo Juana--.

El poder sobrenatural estaba envuelto en los huesos de una gallina o un gallo, no se supo con certeza. El hechizo estaba y se veía que la intención era perjudicar al prójimo.

--¿Quién le tenía envidia a la Pacífica? –se preguntaban--.

Pacífica había comprado sus tierras como Dios manda, sin hechizos ni sugestiones. La finca El Zapote, que era la más grande, se la había dado papa

Ubaldo y solo había un cristiano en el mundo que quisiera arrebatársela.

Había ampliado El Zapote con cuajadas, con quesos, con años de melancolía, de soledad, de proliferar los pastos, el ganado, de escuchar los cascos de su caballo a través de la montaña, en esos caminos solitarios, tumbados de tanta lluvia.

Había criado a sus hijos e hijas a pesar de los impedimentos, del delirio, de la inquina, de los hechizos, de los miedos que caían gota a gota por entre los árboles del patio.

Había que engullir el miedo y descansar por las noches sin obsesiones y levantarse día a día con renovadas esperanzas, pese a las plagas, pese a los guerrilleros que amenazaban con llevarse a los hijos, con violar a las hijas.

Había que cegar la montaña con el hacha y el machete hasta que produjera los frijoles, el arroz, los guineos. Había que hacerla producir a borbotones como un chorro de leche y derrotar el llanto, los zarzales, las crecidas.

--¿Por qué te *juiste* Juana con el Viejo? – resonaba entre el bosque la enorme pregunta de Pacífica, mientras convalecía--: ahora tus hijos están malditos, son hijos del Demonio. Ese hombre tiene un pacto con el Diablo.

Placentino, cuando llegués a Bagaces, quiero que traigás los zapatos que dejaste haciendo donde Baltodano, pero no corrás que te vas a matar. No mates los animales.

Excepto Placentino y Estebana, todas iban descalzas. Hacía un mes que Pacífica había vendido una vaca para darle a hacer zapatos a los hijos que tenían que andar en el monte: Amado, Placentino y Estebana. Ella ni para salir a Bagaces usaba zapatos.

Ese hombre tiene negra el alma, no tiene perdón de Dios. Se llevó a la Juana, su hija. Teodora, vos no has andado por ahí. Miren, me *malifeció* a la China. La China no está loca, le echaron un maleficio. Yo *vide* cuando nació, había sangre y unos órganos regados en el patio. ¿Por qué no se lo comieron los perros?

--Ya *miacuerdo* Mita, pero sí se lo comieron --dijo Teodora--.

--Se murieron esos perros antes de medianoche. Yo *vide* unas velas blancas en mis sueños, había muchas y nosotros nunca compramos velas. Había una negra en el centro y mucha basura. Yo corrí a echarles sal, pero no se apagaban.

Estebana empezó a llorar y un séquito de tristezas la acompañó durante el camino. Las chicharras continuaron apagando el silencio, sometiendo el andar despacio, muy despacio para que la convaleciente no se golpeara.

El peón ya iba lejos, galopando a través de las cavilaciones del viento.

--Decile al Efraín que traiga a Bartolito.

--No era Efraín, Mita.

--Que lo traigás te digo. Vos siempre contradiciendo. ¿Te acordás cuando te dije que me pasaras el cuchillo para cortar el ombligo de Teodora? Por eso estás maldita, por eso te va a llevar el Diablo. Tenés que pedirle perdón a Dios por todos tus pecados. ¿Y vos Teodora por qué te *juiste* a revolcar?

--Placentino ¿ya vamos a llegar? –susurró Pacífica--.

--Todavía no Mita. *Pacencia*, no se agite.

--No compren candelas *onde* el chino Lee. ¿Ya pasamos La Cuesta del Cariblando?

--*Yaa* Mita. *Cuéstese, cuéstese* y verá que se va a componer.

--Soo buey. Jesaaá. *Cuéstese* Mita. *Denlen* agua. Vos Juana.

--No compren candelas porque la Estebana las hace de jicote y hay *quihorrar.* No compren candelas porque es suficiente con las carburas. No comprés candelas, Placentino. Juana, decile a Tino que no compre candelas. Hay que atisbar este muchacho, es *demasiao confisgao*. Que no lleve candelas.

No hay que decirle a Amado que se le metieron las vacas de Moncada al potrero. Moncada se metió al río, se metió en la finca, se me metió en la vida, pero no hay que matarlo. ¿Y el entierro? ¿Llegó Bartolito? ¿Ya casi llegamos Placentino? Llevame *onde* el chino Lee, que sepa que estoy enferma, que sepa que me estoy muriendo, que sepa que me hicieron un hechizo. Que sepa que estoy muriendo. ¿Trajeron plata? Hay que darle plata al chino Lee.

--No Mita. El Chino tiene la plata de la novillada. El Chino paga todo. Él tiene plata.

--¡Ay mi Dios! ¿cuándo vamos a llegar?

--Ya casi llegamos Mita. Adelantate Juana, contale todo al Chino, que *abrevie*.

Al llegar a Bagaces ya había una avioneta esperando. No de las que usaban los Wilson para arrear el ganado, era más grande, era tan grande que podía quitar el hechizo porque eso de que una cosa tan grande volara como un pájaro, no parecía cosa de Dios.

Se iba la Pacífica en avión, donde unos curanderos más sabios en Puntarenas, para extirpar el hechizo. Esos sí habían estudiado curandería y la Mita volvería buena.

--No seas idiota Teodora, son como Bartolito, solo que más conocedores.

--Pues si eso digo yo, Juana.

Tres semanas pasaron antes de que tuvieran que ir a Bagaces a recoger a Pacífica. Llegó mejor. Ya no tenía la inflamación en el abdomen, en las piernas y en los tobillos. Ese color oscuro en la orina había desaparecido. Todavía tenía un poco de picazón en la piel, pero había disminuido.

Bartolo llegó cuando Pacífica estaba de regreso y le recetó diente de león, luego de que le preguntó qué estaba tomando.

–Diente de *lión* —le dijo Pacífica--.

--Sí —asintió el curandero-- el diente de *lión* para limpiar la sangre, quitar la inflamación y por aquello de que esté *fregao* el hígado.

Había leído algunos papeles con letras y nombres extraños que le permitieron deducir que había algún problema en el hígado.

Estebana fue la encargada de hacer todos los días esas infusiones. Desde entonces y hasta el final de sus días, Estebana asumía cualquier dolencia como una causa del hígado.

Después Bartolo le recetó infusiones de romero y manzanilla para aliviar la desazón provocada por el entierro que habían abierto y del que Pacífica esperaba respuestas. Sin embargo, todo fue muy difuso: que dejaron en vigilia un bejuco retorcido, que le pusieron pelos de gato negro antes de quemarlo, que el Estanislao dejó vacío el *güeco*, que ya todo estaba en el éter *pa'que* se *juera* con los malos espíritus. Todo *arreglao*.

Se restableció Pacífica y con ella todo en El Zapote: se le volvió a sacar la nata a la leche, se volvieron a hacer los quesos, se volvió a aporrear los frijoles, pues si se iba abril, se perdían.

Los pericos volvieron a confundirse entre los jocotales, volvió Placentino a amarrar terneros y a Estebana también, volvió Amable, que triste se había tenido que ir donde Teodora.

--Amable vivía con nosotros, era la primera hija de Teodora y el Gato Porras –refirió Estebana--. Esa panza se la encontró Teodora en una de esas fiestas de San Caralampio donde ella iba y bailaba y tomaba hasta caer rendida, pero esa chiquilla no tiene nada del Gato Porras, se dice que *jue* de un tal Andrés Ruiz.

En esos tiempos no se sabía bien quién era el padre porque las borracheras con coyol o guarapo eran tan grandes que al final dos o tres hombres habían estado bailando con tres o hasta cinco mujeres y a alguna terminaban conquistando y era posible que esa mujer se dejara conquistar por dos o tres hombres y en algunos casos era posible que ya borracha se la llevaran más de dos hombres.

Como mamá recogía a todo mundo, entonces Amable *jue* a parar a la finca.

Pues ya salía Pacífica Ordóñez al amanecer (después de echar las tortillas) a ver el humo escapando por las chimeneas de bambú, a ordenar los días, las cosechas y los *siembros*. Las tres casas echaban humo todos los días a partir de las cuatro de la mañana, pero solo se podía ver después de las cinco.

Ya salía Amado un día de tantos de cacería y volvía con un tepescuintle y a veces con un cariblanco o un venado en las ancas del caballo, no podía llevar dos o más, esa era la regla.

Uno de tantos días, empezó a alistar el rifle. Lo aceitó bien, afiló la cruceta, buscó las polainas.

Ya había hablado con Juan Suasso para que lo acompañara. Salieron a las siete de la noche.

La luna resplandecía como testigo mudo del chapoteo de los caballos. La noche lo cambia todo: los sonidos de los grillos, el canto de muchos pájaros desaparece y surgen otros a la par de los grillos, el croar de las ranas y un concierto distintivo de cuyeos.

La brisa descubría otros olores, mientras los dos hombres desmontan sus bestias y las dejaban al resguardo del hijo de Juan, armado con una escopeta.

El chico tenía catorce años, pero se quedó muerto de miedo porque podía llegar el tigre o el león a comérselo. Podía acorralarlo el ganado en medio de la noche y embestirlo un toro bravo.

Le dieron un cacho con guarapo con la esperanza de que se diera valor, pero no quedó convencido. Los hombres podían regresar con los primeros rayos del sol y la noche era joven.

Se quedó el muchacho con una pequeña fogata, por si las dudas. Ya no cantaba el ruiseñor para espantar el silencio, la oscuridad se volvió plateada bajo luna, la quietud y el bramido a lo lejos lo acompañaron.

Se metió un cuerazo de guarapo con el ubérrimo deseo de coger valor, pero no lo consiguió.

Los hombres habían desaparecido en la montaña. Decidió meterse dos cachimbazos más y notó que el cacho iba a quedar vacío dentro de poco. El frío no amainaba, la brisa tampoco y optó por acostarse a lo largo de la canoa donde se le daba sal al ganado. Al poco tiempo se durmió.

Los hombres llegaron al aguadero. Subieron a un árbol grande y frondoso. La carbura no servía porque podría espantar los animales. La luna era suficiente.

Esperaron tres horas y a unos treinta metros, una piara de cariblancos. Se escuchaba en la noche el ruido de sus chasquidos.

--Esperá –dijo Amado— tal vez viene un *venao*.

--¿Por qué no tiramos uno por si no viene un *venao*?

--Porque si viene el *venao* tendremos que dejar botado el cariblanco. Mamá nos pelea si llevamos dos animales porque no nos lo podemos comer todo.

Cambió el viento, los animales los sintieron y se perdieron en la oscuridad.

La brisa continuó su crepitar a través de las hojas, los hombres con frío siguieron en silencio.

Como a las tres de la madrugada, ajeno a la presencia en el árbol, se acercó un enorme venado. Las aspas eran un arrebato, no escuchó el palpitar del corazón de esos hombres que habían esperado por horas.

La brisa se había marchado, era un disimulo del verano, que se avecinaba con su imponente silueta.

Los dos hombres apuntaron, escogiendo la cabeza del animal. Suasso era un tirador avisado y solo pensó en los cuartos traseros del hermoso animal.

Casi al unísono los dos hombres oprimieron los gatillos y los fogonazos despertaron el espectáculo nocturno.

Todo quedó nuevamente en silencio, no vieron saltar el animal, no lo vieron caer, pero quedaron satisfechos por todas las noches que se habían quedado con el rastro.

Amado acarició el gatillo y le quedó en la memoria el resplandor del tiro.

--No lo vimos porque el fogonazo nos encandiló –le dijo Juan Suasso--.

Después de un prolongado silencio deciden bajar del árbol. Encendieron las carburas y empezaron a buscar la presa. No apareció por ningún lado. No vieron huellas cercas. El desconcierto inicial no amilanó a los hombres y se arrojaron torpemente en busca del venado, pero no vieron rastro de sangre en la oscuridad y… nada.

--Vámonos Amado, nos *juimos* en blanco.

--Pero los dos lo vimos.

En ese momento escucharon un cascabel.

--No te movás muchacho, solo tenemos que averiguar dónde está *pa'* esquivarla.

-- A la derecha –le dijo Amado--. Está a la derecha.

En ese momento, Amado pegó un salto, pero el animal le mandó el tarascazo.

--Lo sentí Juan, lo sentí –dijo Amado— al borde de la desesperación.

--Vamos muchacho, no nos detengamos porque si no, te morís. Corramos mientras podás.

Corrieron sin detenerse. Juan Suasso conocía todos los trillos.

A Amado le empezaron a doler las piernas, empezó a sentir calambres, sudaba helado, se le empapó la camisa y la brisa había cesado.

--Me voy a morir –pensó--. Me voy a morir por andar *montiando* sin *necesidá*. Mamá me lo dijo, no tenés *necesidá* muchacho, pero no le hice caso.

No supo cuándo llegaron al salero del ganado. El mozalbete estaba dormido.

--Soltá los caballos que nos vamos –le gritó Juan a su hijo desde lejos--.

Montaron los caballos y solo el galope se escuchaba en el potrero a las cuatro de la mañana.

--Siento calambres y escalofríos, Juan.

--Ya vamos a llegar, pero si es mucho nos bajamos *pa'* hacer un torniquete.

--No, me la aguanto Juan. Lleguemos.

Se le hizo eterno el galope a Amado. La mañana ya había ocultado la luna en los potreros.

Se escucharon los coyotes a la par del mugido de las vacas.

--¿No hay vacas paridas por aquí? --Preguntó el mozalbete--. No hubo respuesta.

Es que los coyotes se pueden comer los terneros.

--Creo que no hay –dijo Suasso--.

Se empezaron a escuchar los cantos de los gallos.

--Ya estamos cerca –anunció Amado--.

Al llegar a la casa, el viejo Suasso corrió a bajar a Amado, que iba blanco y desorientado.

--A ver dónde te picó.

--Aquí en la pierna.

--Aquí se ve el tarascazo, pero en la polaina, pendejo. No te picó ningún cascabel.

Amado ya no se sostuvo en el hombro de Juan Suasso y se alejó sin decir más.

--Desensillale el caballo a ese carajo –le dijo Suasso a su hijo--.

Las gallinas empezaban a lanzarse de los árboles desde esa hora. Ya para entonces los gallos las esperaban abajo. El cuijen no se conformaba con las del árbol en el que dormía. Se iba al del vecino y cuando venía una gallina, la apañaba en el aire, no con mucha destreza pues siempre la gallina salía corriendo, pasaba entre perros, patos, el chompipe y los paveznos y a veces alcaravanes, pidiendo auxilio a gritos y el cuijen sin importarle nada en la vida, la seguía, incluso, debajo de la casona, hasta que lograba atraparla y hacerla suya. Entonces volvía por otra, debajo de cualquier árbol y esperaba otra caída, que muchas veces podía ser el chiricano, el chompolón o un gallo fino, que se apañaba con cualquiera sin importar su tamaño.

No rara vez le caían hasta dos al cuijen para someterlo y no rara vez salía indemne pues entre patadas por aquí y por allá, saltos, correrías y desmanes, podía suceder que el fino la agarrara contra el chiricano, el chompolón y no contra el nada desmañado cuijen.

Infinidad de veces era infructuosa la pelea porque también ocurría que el fino se salía con la suya y terminaba malmatando a cualquiera de los tres, acto deleznable, pero fructífero porque se levantaba a las gallinas de uno u otro árbol sin ton ni son, a vista y paciencia de los perdedores.

Todo fue un extremo, tanto que hubo que comérselo porque siempre aporreaba a los grandes y estaba echando a perder la generación de pollos que salían pelioneros, pero además sus gallinas esmirriadas y con huevos muy pequeños.

--A la hija de Irene Ruiz, la suegra de Yondá, se la llevaron los duendes –dijo la abuela Pacífica— una tarde en que le contaba historias a Marcial y Amable, pues Bartolo le había dicho que tenía que tomar reposo todos los días.

A Placentino nunca se lo han llevado, pero siempre le sale un animal. En La Cuesta del Cariblanco le dio volantín una carreta, pero él no la llevaba. El boyero era Aparicio Ruiz. Él iba *delante*, de pronto todos oyeron las carcajadas del animal, allá *delante*. No se sabe cómo, el caso es que la carreta dio vuelta y cayó al guindo con todo y bueyes. Nadie quiso bajar a averiguar. Por eso cuando íbamos por esa cuesta *pa'agarrar* el avión, Placentino se santiguaba, esperando no encontrarse con la bruja.

--¿Por qué las gallinas se tiran tan temprano, Mitaa? –preguntaba Marcial--.

--Porque ya están cansadas de dormir, mijitoo.

--¿Y por qué no volvimos a misa Mita?

--Porque el padre solo llega a Bagaces el 5 de junio, día de San Caralampio o el día de la Virgen. Porque el sacerdote no está ahí esperando que *usté* vaya a misa. Ni los misioneros vienen con frecuencia, solo una vez al año. Apenas vengan tenemos que llevarlo a *usté* a confirmar y a bautizar a su hermanita.

--¿Y cuándo es cinco de junio Mita?

--Ya pasó, ahora dicen que tal vez llegue a Bagaces *pa'* Semana Santa. Si llega, vamos todos a caballo. *Usté* me ensilla el Primavera y nos vamos todos.

--¿Y por qué no vamos en carreta o lleva la mula, Mita?

--Ya cállese. Porque el caballo alazán es más rápido y si no se calla, no lo llevo.

La noche anterior un zorro mató una gallina y los perros llegaron hasta el árbol del alboroto. Pacífica y Placentino también llegaron con machetes y palos, pero no lo podían ver.

--Puede ser una *sinceja* –dijo Pacífica--.

Amarraron la carbura a la mejor vara y escudriñaron el árbol.

Varias gallinas se lanzaron a perder la pollada, a tropezar contra los perros, contra los resquicios de la oscuridad. Dos murieron destazadas por Orión y Capitán, que no pudieron tolerar el desorden.

La culebra no aparecía, el zorro tampoco. Había algo en los arcanos que no dejaba huellas ni luces, era atroz seguir, instintivamente, buscando entre tanta locura. Los trillos de la oscuridad no llevaban a ningún camino.

–Sé que estamos a tientas, pero lo vamos encontrar –le decía a Placentino--.

Se empezó a desgajar una brisa fría, pero Pacífica no desmayaba. Hasta que, finalmente, vieron el zorro, inmóvil en una gruesa rama.

--Me voy a subir –dijo Placentino-- y antes de que se lo impidieran, ya estaba encaramado en la primera horqueta.

Con una vara empezó a empujar la zarigüeya, mientras Pacífica alumbraba. Cayeron diez gallinas y ocho pollones más, pero también la zarigüeya con sus sesenta y cinco millones de años de historia. Al principio quiso correr, pero fue imposible su escapatoria, tenía encima cinco perros bien alimentados con leche, suero, carne de cusuco, venado, saíno y cuanto animal había. Se disputaron su vida en menos de tres minutos. Después arrearon las gallinas debajo del piso de la casa y se fueron a dormir.

Eran las dos de la madrugada y esa noche Placentino no salió a enyugar bueyes, a soltar terneros, a salir a los potreros.

--¿Y cómo sigue la China? –le preguntó un día Pacífica a Bartolo--.

--No mejora Mita, pero creo que se va a quedar allá. Ya tiene marido.

--¿Y quién es?

--Es Ceferino, un hermano de mi esposa, un hombre bueno.

--Mmm, será Ceferino Chavarría?

--Sí Mita.

--Es buen hombre. Dígale a la China que lo traiga.

Al curandero le dieron otro caballo y un acompañante para que lo llevara hasta Quebrada Grande.

Al quinto día regresó el peón con la China y su Ceferino. Ya tenían dos niñas: Brunilda y Guillermina.

--Podés hacer casa aquí Ceferino, como Teodora.

--No *ña* Pacífica, yo ya estoy haciendo mi casita en Quebrada Grande.

--Pero aquí tenés las vacas, los chanchos, las gallinas, las yeguas de la China, *pa'que* empiecen.

--Yo le agradezco *ña* Pacífica, ahí vamos a ver.

La China seguía arrimada al fogón, convenciendo a Marcial para que se dejara alzar, con la ilusión de amortiguarle la tristeza que ya sentía por dejarlo sin su madre, olfateando como un perro las ondulaciones del camino por el que se había marchado. Lo había dejado correteando por el patio, huyendo de Amado, de Teodora, llorando descalzo, indeciso, adherido al fracaso, jodido, como decía Amado: "este chavalo está jodido, llora como maricón, chilla como un mono".

El chino Marcial le resintió a su madre hasta la muerte, que no intercediera por él ante los fajazos de Ceferino, le resintió los chuzazos macilentos que acumuló en el alma, por dejarlo solo ante la vida, le resintió los carteles que llevaba en la frente anunciando inundaciones que irrumpían de noche y de día.

El tumulto de cadáveres que arrastró desde siempre a causa del abandono y esa tragedia que nunca entendieron sus hermanas lo desorbitó en la vida, lo hizo macilento y taciturno. No trotaban chispas en sus ojos y fue haciendo infeliz la vida de las mujeres que se encontró en el camino, como una forma de cobrarles la multitud de sombras que llevaba en el alma.

De cómo mataron a Gumercindo Viales, de su infancia y su tristeza.

--Mita, ayer mataron a Gumercindo a machetazos –le espetó Hermenegildo Viales a Pacífica-- tres años, dos meses y quince días antes de que a él le pegara un plomazo Gustavo y lo enterrara al pie de un guayacán.

--¿Cómo le pudo pasar eso? Tan *callao* que era. ¡Dios lo tenga en su Santa Gloria! ¿Quién lo mató hijo?

--Se *jue* tempranito en la madrugada y ya no volvió. Yo *creiba* que llevaba la presencia de la muerte encima porque hacia ratos que se la anunciaba Aparicio Contreras y su hermano.

Gumercindo era un buen *pión*, que no le reculaba a *naide* y a nada. Desde hacía tres años, desde que se vino *pa'ca*, tenía un problema con los Contreras. Se había visto con Aparicio Contreras en una festividad de la Virgen de la Candelaria y por cuestiones de guaro, que *naide* supo, se *jueron* a los golpes. Gumercindo *pescoceó* a Aparicio y cualquiera hubiera *pensao* que ahí terminó todo, pues no. Otro día se encontraron los dos hermanos Contreras con Gumercindo y quisieron pegarle, pero Gumercindo se anduvo defendiendo y le dio primero a uno y después al otro.

–No se me vengan como coyotes –les había dicho— primero uno y después el otro. Les pegó a los dos y ya los hombres quedaron malditos. Gumercindo era un hombre humilde pero valiente, en cambio los Contreras son unos cobardes. Ese día le *dijieron* –ya no volvemos a *peliar* con vos, Gumercindooó— la verdad que no te hacemos la pega, *dejémolo* ahí.

Y ahí quedó todo hasta que se encontraron en la fiesta de la Candelaria.

Lo habían visto tomándose unos guarapos y el hombre se vino *pa'* El Zapote.

Yo no sé por qué no le pidió un caballo, Mita.

Así se vino, a pie como siempre y lo alcanzaron los Contreras.

Se le arrimó Aparicio y le dijo: "vení *hom*, ya somos amigos, vení, dame la mano, que somos amigos".

En sus guaros, Gumercindo se arrimó al caballo y Aparicio le dejó ir el primer cutachazo en la cabeza, eso lo desplomó. Ahí se bajaron los dos cobardes del caballo y lo remataron, pero cuando el Resguardo los llegó a coger, Aparicio se echó toda la culpa.

Me lo contó todo Adalberto Contreras, creo que se llama el hombre, papá de ese mujerero, que según dicen vinieron de Tempate de Santa Cruz.

Estaban bolos, no sabían lo que hacían. Y ahora solo me queda mi hijo Adalberto porque seguro no vuelvo a ver a Aparicio, me dijo el hombre llorando en una cantina. Y así se *jue* Gumercindo, patroncita.

--Para eso ya soy hombre --le había dicho Gumercindo a su tata.

Cuando tenía trece años, su padre lo mandó a pedirle trabajo a Pacífica Ordóñez. Era el hermano mayor de nueve hijos e hijas de Gumercindo el viejo. Su madre había muerto en el último parto. Fue de las pocas mujeres que se le murieron a la comadrona Eufrasia. Dicen que llegó tarde al parto y la mujer se desgarró.

Hubo quienes dijeron que no se preocupó porque Gumercindo no tenía con qué pagarle.

Se fue en sangre, declaró ante el juez de paz. No hubo autopsia que retorciera la declaración inicial.

Desde entonces Gumercindo el viejo luchó a brazo partido para no perder los hijos ni las hijas que le quedaron porque ya habían muerto tres.

Pacífica les mandaba leche de vez en cuando y el incontenible vaho de la angustia exudaba siempre en la hediondez a orines que salía de la choza, apenas se abría la puerta.

Todos y todas se defecaban en el patio. Al llegar por entre los matorrales que cubrían los reconocibles pasadizos de esa pobreza, había que sortear los pequeños bultos de excrementos por aquí y por allá.

La soledad se atrincheraba en los cuerpos de los infantes día y noche, como sobrenatural ejercicio, que ensanchaba el abultamiento de sus panzas.

Cuando feneció la mujer, se desplomó la casa, la neblina parecía una sombra perenne, un bulto negro lleno de hedor.

Salía Gumercindo a extraer desde el fondo de su miseria toda la esperanza posible, pero volvía derrotado, con los tendones entumecidos, con los huesos quebrantados, de caminar, de volar hacha y machete en las fincas vecinas, donde le arrimaban unos centavos, un huacal de manteca de chancho, unos elotes, una gallina y volvía al horror de poder encontrar a alguno de sus hijos muertos, al horror de la fiebre y los parásitos que pronto se llevaría a una o uno entre temblores carbunclos, como espíritus malignos.

Fue un hechizo, se decía, un hechizo. Era normal esa tragedia columpiándose por entre el talud de la muerte. Era normal verlo llegar horrorizado, con sus piltrafas como cadáveres, a pedir comida para sus críos. Pacífica le alistaba quesos, tortillas, frijoles, dulce, sobao, manteca de chancho y hasta carne ahumada.

--Dios se lo pague Mita. *Usté* tiene el cielo *ganao*.

Gumercindo el joven llegó a los trece años viendo morir a sus hermanos y hermanas.

Los matorrales que circundaban su choza nunca sirvieron para jugar, solo para esconderse de la prolongación de esas sombras, para enterrar a sus hermanos, a su madre.

--Ya sé que están muertos –le dijo a su padre— pero siempre los veo cuando la luna se hace grande, por eso salgo cuando la luna viene repleta de luz. Yo los veo a pedazos por entre la picada del camino.

Su padre quedaba en silencio, amontonando los recuerdos en una memoria que no encontraba los bejucos que amarraran la esperanza. Solo el canto adolorido del caraú en los suampos, como un augurio, como premoniciones que enmudecen el mismo silencio.

Salía Gumercindo Viales desde siempre a buscar cusucos por entre la obsesión de los matorrales, tropezaba a veces con aguaceros torrenciales, con el frío y la fiebre y volvía a la choza para ver cuánto habían crecido los críos en su ausencia.

Las niñas solas, bajo esa cobardía buscando senos inertes donde asir el ignominioso tránsito de los dedos, desplazándose por un territorio de zarzas que gritaban, aunadas al llanto de los hermanos horrorizados, del canto-caraú en los pantanos, abandonados por la lluvia.

Inmisericorde el badajo al interior de la choza, golpeando las paredes sin melodías, sin aldabas, arrastrando una pesadilla, cayendo igual que las inmensas goteras que horadan el piso de la espera, subiendo las astillas de ese miedo a la vida.

Cuando regresaron los Viales, con su angarilla repleta de quesos, maíz, frijoles, arroz, carne ahumada y manteca de cerdo, no supusieron nada de la lujuria, de la horrible carcajada en las palmeras del techo.

--Bendita sea la Pacífica que cuida del menesteroso, viene repleto el aparejo.

Trata del pleito que tenían los Ordóñez y los Moncada por Río Seco, de otras historias menores y acaso la tercera razón.

Tres años después de la muerte de Pacífica, Amado fue a buscar a Rigo.

--Hay que darle un *balaú* al Nica –le dijo--.

Moncada ya había sentenciado de muerte a Rigo y a Amado.

--Amado no le tiene miedo –había dicho Pacífica— en cambio Rigo es un cobarde.

--Si se pasa otra vaca a la finca, cargo con vos –había amenazado Moncada a Amado--.

--Tiene que cargar con toda la milpa *perienteeé*.

--Estos *hideputas* muchachos ya no *respeeetan*.

En secreto, Amado mordía las balas, las rayaba en cruz y salía a veces por las noches a rondar potreros por si lo veía. Pero esa vez que se encontró enormes boquetes en la cerca, no había ni un hombre cerca, solo dos toros descomunales desangrándose hasta la muerte. Los dos llevaban puñales en los cuernos, eran tigreros.

Los Wilson, los Ordóñez y los Moncada pagaban a un tigrero muy bueno. Su recomendación era que al mejor toro de un hato había que entrenarlo con un tigre muerto: "le amarran el cuero del tigre a un perro ganadero y se lo echan al toro". Eso hizo Yondá un día de tantos en que le soltó el perro a un toro.

El canino se enredó en los mecates que amarraban el cuero y el toro lo lanzó por los aires.

--Es que le amarraste mal el cuero, Leonidas.

No hubo caballo que atajara la furia del toro. Por una hora batallaron para quitarle el perro, pero no fue posible. Ahí lo dejaron, al día siguiente fueron a verlo y el toro estaba muerto. Se había ahogado de cansancio, de arrastrar al perro durante toda la noche.

--Este animal no se puede destazar –dijo Amado— tiene entumecida la carne. Ahí lo enterraron con su perro y su cuero pisoteado.

La finca El Zapote tenía su propio tigrero, se llamaba Juan Suasso. Una vez lo siguieron Placentino y Estebana con la finalidad de ver dónde se metía a buscar el tigre.

Lo siguieron por entre los matorrales y caminos de ganado hasta que se perdió. Ellos avanzaron por un trillo de ganado cimarrón y se toparon con una gran cueva.

Placentino llevaba su *balaú* al hombro, se sentían seguros. Estebana tenía nueve años, le acababan de comprar el suyo, pero todavía no tenía permiso de llevarlo al monte. Placentino iba a cumplir catorce y ya era un experto con el rifle.

Ese mismo día, el Resguardo se llevó a Amado por haber metido ganado ajeno en la finca Río Seco. Pacífica estaba preocupada, quizá por eso no se percató de la enorme ausencia de los hijos menores.

Entraron cautelosos a la cueva, estaba oscura y de pronto salió una bandada de murciélagos, que los pasó peinando, entonces retrocedieron, ya Placentino no llevaba el rifle al hombro, sino preparado por si había que disparar. Estebana se le agarró del pantalón con miedo.

No corramos, le dijo Placentino, y en ese momento apareció un toro cimarrón bufando, esto los hizo volver a la cueva porque no había salida.

El toro los había olfateado, pero no los había visto, la maleza los protegía. Caminaron despacio hasta la cueva, eran menos de treinta metros. Se confundía el ruido que hacía el toro al romper trillo entre la breña con los pasos de los chicos al majar las hojas secas. El toro los buscaba y se oía cuando se detenía a rascar la tierra.

--No lo perdamos de vista --le habría susurrado Placentino a Estebana--.

Faltando unos diez metros para llegar a la cueva, el toro los vio y se les fue encima atravesando el matorral. Tuvieron que correr por sus vidas y apenas si lograron entrar a la cueva. El toro se confundió y pasó directo rompiendo la empalizada. Ellos se quedaron con el corazón a punto de explotar.

Empezó a caer una persistente brisa. Se sentaron a la orilla de la cueva y ahí estaba la más hermosa de las tinajas que jamás habían visto. Tenía tres patitas, en cada una de las cuales había una cabeza de tigre con las fauces abiertas. Hacia arriba tenía decoraciones de indígenas sentados, tres en total. Y lo que fue mejor, solo tenía una diminuta reventadura en la parte interior de la boca.

La tomaron con cuidado y pudieron ver otros objetos alrededor, la mayoría quebrados, pero también algo brillante un poco más allá.

--¿Será oro? –Interrogó Placentino--.

--Vámonos --dijo Estebana--.

--¿Y si el toro está por ahí todavía?

--Alguien había andado escarbando y dejó esa tinaja botada, seguro porque se llevó otros objetos más valiosos --les dijo su madre-- cuando llegaron a la casa y no le contaron la historia completa, aun así, los regañó:

--¿Y si *juera* estado el tigre? ¿Y si *juera* sido la cueva del Diablo?

Los niños no entraban a esa montaña, pero el tío Salvador sí. Se iba río arriba y salía allá por un ojo de agua, donde nacía una quebrada enorme, que pasaba al lado abajo de la casona de El Zapote, la misma quebrada que se había llevado dos vacas con sus terneros un año antes de que naciera Teodora. El mismo día que Juana no le pasó el cuchillo a Pacífica para cortar el cordón umbilical. Era la misma quebrada donde llegaban a beber agua los animales en el verano porque arriba se secaban todas las quebradillas. Ahí el tío Salvador mataba dos, tres saínos o un venado y llegaba a la casa con esos cariblancos.

--Nunca conocimos la extensión real de las tierras de mamá. Hubo unas montañas de la finca que nunca conocí –dijo Estebana setenta y tres años después de que encontraron la vasija de barro en aquella cueva--.

Cuando mamá mandaba a buscar ganado cimarrón, los hombres duraban dos o tres días en regresar. Llevaban un atado de pinto, queso seco, tortillas, café, guarapo y carne asada en las alforjas porque mínimo duraban dos días antes de regresar. Había un peón encargado de arreglar cercos y nunca terminaba.

Antes se respetaban las montañas, se respetaban los montes. Si salían a tirar venados, a las venadas no las mataban. Solo venados que tuvieran ramazón.

El venado tiene la chispa de un color, la venada de otro, por lo que no mataban las venadas. Antes se respetaba. Si iban a cortar un árbol maderable, no cortaban dos, tres o diez, solo el que necesitaban. Se trepaban al árbol, lo desramaban y después lo cortaban. Casi siempre era para hacer ranchas, cercos, corrales o puentes en algunos grandes ríos y la madera pequeña servía para hacer taburetes, bancas o camas, algunas veces el piso de la casona o la troje.

Estebana y Placentino nunca conocieron esa montaña, que estaba en Río Seco, porque no se había escriturado y Moncada la reclamaba como suya. Todo había empezado quince años antes de que los niños se encontraran la tinaja en la cueva.

En aquel tiempo, Pacífica mandó a hacer trochas en esas montañas porque la ley permitía que los campesinos que desearan conseguir tierras vírgenes en lugares remotos, las podían tomar. De esta forma, los Wilson se hicieron de decenas de miles de hectáreas, que pertenecían al Estado, a pesar de no ser campesinos y las Contreras, que llegaron desde Tempate de Santa Cruz, cogieron un pedazo muy pequeño porque el padre abandonó a la familia después de que el hijo mayor lo llevaron a la cárcel por matar a Gumercindo Viales.

Moncada también se dio cuenta que Pacífica estaba haciendo trochas y mandó peones para que rodearan una importante extensión de tierra allá por La Sierra. El conflicto empezó porque las dos cuadrillas se encontraron en la montaña y no pudieron continuar el recorrido que ya se habían trazado, sino que tuvieron que cortar en ese punto y hacer más pequeña el área previamente planeada. Así, las dos familias tenían un pedazo de lo que antiguamente llamaban Cerro Gordo, de donde bajaba una importante paja de agua.

Hubo conflictos de, si mete ganado a aguar ahí se lo voy a matar, si *usté* me mata una sola vaca, le mando a envenenar todo su *ganao*, ni se le ocurra porque la mato a *usté* y toda su descendencia, cuando quiera viene y empieza por mí, viejo maricón y los hijos de Pacífica se enteraban de todo, pero estaban muy pequeños para hacerle frente al Viejo.

Pacífica tampoco les dijo a sus hermanos, especialmente, a Leonidas que tanto la quería, pues estaba segura de que podía ir a buscar al Viejo y cometer una desgracia. Perro que ladra no muerde, solía decir.

En 1942, con la fundación del Ministerio de Agricultura y Ganadería, se creó la Oficina de Colonización y Distribución de Tierras del Estado. A esta oficina acudió Pacífica para poner en regla el pedazo de la finca Río Seco que había tomado y cuando Moncada se enteró, se molestó mucho y asumió que ya esa tierra estaba inscrita a nombre de Josefa Pacífica Ordóñez Delgado, lo cual no había sido posible porque la tal Oficina del Estado se concibió para que administrara las reservas forestales del Estado y no para que implementara Reforma Agraria alguna ni cediera títulos de propiedad a ningún campesino o campesina.

El Viejo siempre había divulgado que Río Seco era suyo, todos sus hijos, hijas, nietos y nietas se lo creyeron y como ninguno sabía leer, pensaron que si los Ordóñez se estaban apropiando de esa tierra, se debía a que eran, verdaderamente, unos *hideputas* ladrones.

Pacífica le había dado a Juana la finca Santa Elena donde colindaba El Zapote con Las Pulgas. Después, Gustavo Moncada le dio otro pedazo, Santa Lucía. Tiempo más tarde llegó a llamarse sencillamente La Virgen, para incluir las dos. Esa finca que le habían dado su madre y su padre, la cambió Juana por otra en Dos Ríos porque pensaba que estaba embrujada. También se disputaron las familias la procedencia de esa finca, que tampoco habían comprado.

Juana pasó toda su vida pensando que la embrujaban, fue también parte de la herencia de su padre, quien sí era brujo. Él usaba un libro de magia negra que le quedó a Orfilia después de que lo mataron. Él le había dicho: "cuando yo muera (estaba seguro que moriría primero pues era treinta y cinco años mayor) no le des este libro a Efraín porque él lo usará mal".

Orfilia le tenía miedo al libro y a su consorte y lo guardó en un baúl debajo de la cama, pero un día de tantos llegó Efraín y la obligó a que se lo diera y ella accedió porque era más importante conservar la vida que un miserable libro de brujería.

--Pero ya ves -- dijo Estebana setenta y ocho años más tarde-- (una mañana en el corredor de la casa de su finca) siempre se lo echaron al Viejo, por muy brujo que *juera*, le pegaron un plomazo en un ojo.

Le silbaron donde iba por La Cuesta del Cariblanco y cuando volvió a ver, se la dejaron ir. Cayó recostado en la crin del caballo. Todavía el Viejo le pegó las espuelas al caballo y avanzó un gran trecho, cuesta arriba. Allá lo *jueron* a alcanzar y cuando el animal se detuvo, se cayó el Viejo. Le pegaron dos plomazos más para rematarlo, por aquello.

No lo mataron con el *balaú* de Placentino, sino con el que llevaba Carlos Alberto.

A Ceferino lo invitaron a *montiar* y anduvieron baboseando --continuó Estebana-- pero cuando Carlos Alberto calculó que ya venía el Viejo, se *jue* para la cuesta y ahí lo esperó detrás de un pedregón, que todavía existe.

Después de que murió mamá, la finca le quedó a Amado y él la ofreció en venta, cuando ya había vendido casi todo el ganado y las bestias con Teodora.

Gustavo Moncada mordió ese anzuelo. Dicen que Amado se la ofreció en un precio muy bueno, por eso el Viejo decidió comprarla.

Llegó a Bagaces y dejó el dinero donde el chino Luis León, se llevó poco. Hasta hoy no se sabe cuánto llevaba, ni Ceferino ni Carlos Alberto dijeron nunca si le habían quitado dinero al Viejo, pero si le quitaron y lo enterraron para recogerlo después, ese dinero se pudrió en la tierra porque a Carlos lo asesinaron en San Lucas y Ceferino nunca pasó de pobre.

Que Dios me perdone, pero el Viejo se lo tenía merecido; una vez empezó a frecuentar y frecuentar una mujer hasta que quedó embarazada, como el marido se iba a dar cuenta, el Viejo le ofreció un negocio y lo invitó a La Sierra, lo llevó allá por un palo de guayacán y le dijo:

--Mirá *hom*, vos sabés que tengo algunas fincas que no puedo atender y necesito un hombre de confianza que me ayude. Vos sabés que no me da la vista *pa'* alcanzar todas las propiedades y creo que vos sos el indicado. Vos sabés que he estado llegando a tu casa, pero ha sido para saber qué clase de hombre sos y me siento *confiao* con vos, por eso le he llevado a tu mujer carne cada vez que matamos un animal en la finca.

--Sí --le contestó el marido cornudo-- yo he visto que *usté* es un buen hombre, yo le estoy agradecido por su delicadeza con nosotros.

--Mirá, mirá esas tierras, desde donde está esa loma, quiero que las cuidés, ahí hay un ganadambre, vos sabés…

El hombre se dio vuelta y ahí mismo le pegó un tiro y lo enterró a la par del guayacán, era Hermenegildo Viales, tío de Gumercindo Viales el joven.

Después, tranquilamente, se quedó con la vieja. Ella ni chistó cuando desapareció su marido, porque ese hombre cada vez que se metía unos coyolazos, la hacía hincarse y la agarraba con una tajona o con la soga que andaba en el caballo, todo delante de los hijos que estaban pequeños. Vos sos una puta, le decía, ahí me andan diciendo que aquí vienen hombres cuando salgo *pa'* Bagaces y a estos chavalos también los voy a joder porque no me dicen nada y de paso cogía alguno de los hijos y también lo reventaba.

Como el Resguardo casi no llegaba por esos lugares, el Viejo hacía de las suyas. Todo mundo decía, ese hombre se perdió en la montaña. ¿Sería que andaba tirando? Tal vez se lo comió el tigre, pero el tigre, normalmente, no se comía a un hombre, pero así se perdía la gente. Así se quedó con la mujer y la finquita.

Al poco tiempo, los hijos de Moncada, Efraín, Dionisio, Manuel y Miguel se quedaron con esa finca y Zoila Rosa, no podía decir nada. Por ese entonces Gustavo Moncada también andaba *garnachando* a la Orfilia, una niña de trece años y siete meses.

A la muerte del Viejo, Efraín quiso hacerla su mujer, pero ella no lo aceptó, por eso la echó de la finca con toda y su catizumba de güilas, eran doce por todos. Se fue la mujer, joven aún, tendría unos veintisiete años.

Es increíble, Gustavo Moncada era un cacaste, chiquitillo y negrillo, como ver a Sonia, flaquillo, hecho *mierdilla*, crespo, como Emiliano. Entonces uno se pregunta: ¿cómo es que todos le tenían miedo?

De cómo un tigre le mató los perros a Felix Avilés.

El mismo día que la China estaba pariendo a Marcial, casi se muere Felix Avilés, el tigrero de la comarca.

Tenía Avilés cuatro perros bien entrenados para seguir tigres. Había uno que llevaba dos años de hacer torerías y no lo podían agarrar. Mataba los novillos y solo se les comía la lengua y los *güevos*, el torete casi siempre se perdía porque a veces pasaban hasta cinco días para descubrirlo.

Avilés era el tigrero más experimentado y lo mandaban a llamar tanto los Wilson, como los Moncadas o los Ordóñez siempre que había un animal que nadie podía atrapar.

En esa ocasión lo contrató el viejo Wilson porque era el que más ganado tenía y en consecuencia sufría más los desmanes de un tigre que no se podía ni envenenar porque no volvía sobre el animal que había matado. Todos decían: “es un tigre viejo y mañoso, hay que agarrarlo en la montaña”.

Llegó Felix donde estaba el torete muerto, le puso los perros para que olisquearan y después se metió en la montaña, ahí empezó todo.

Ya Felix Avilés había matado como tres tigres y el daño seguía. Así que no era fácil esa vez.

Tenía una perrita que no servía para nada, siempre andaba detrás de él, si los otros perros seguían una huella, un olor, ella no se molestaba, seguía a la par de Felix. Él la pateaba, la despreciaba y le deba las sobras. Estaba famélica la pobre perrilla, pero cada vez que Avilés salía, ella iba detrás, fuera de día o de noche, los otros perros permanecían amarrados. El tigrero trataba por todos los medios de que la perrilla no lo siguiera cuando iba de caza.

–Esta perra no sirve *pa'* nada –decía--.

El día que salió con sus canes a cazar el tigre, pasó por El Zapote y Pacífica le entregó un atadillo de carne ahumada con tortillas y le llenó el cacho de guarapo para que mitigara el frío.

--Andá con Dios –le dijo— y si matás ese animal yo te regalo una vaca parida. Lo persignó y el hombre montó en su caballo y lo siguieron sus perros en una algarabía de felicidad.

Pues ese día, el hombre se internó temprano en la montaña, llevaba como dos horas dentro de lo más espeso de la selva cuando los sabuesos empezaron a seguir algo, tenía que ser un tigre porque no seguían ni venados, solo tigres.

El hombre los atusó y empezó a correr detrás de los aullidos y ladridos; como a los diez minutos oyó un jayy lastimero, siguió corriendo y detrás de la gamba de un ceibo estaba el careto muerto, le había despedazado la cabeza de un manazo.

Felix siguió el aullido de sus otros tres perros, hasta que volvió a oír otro jayy, y ahí estaba el otro *dogo*, detrás de un cedro amargo con la cabeza despedazada. Corrió con más furia Felix Avilés y no avanzó mucho cuando oyó el otro lastimero grito, era su mejor tigrera la tigresa, la había partido por la mitad de un tajo, las tripas estaban desparramadas por el suelo.

Ya el hombre iba desesperado y le seguía gritando a su último perro, el Almirante. Se oía lejos el sabueso, muy lejos. El hombre siguió corriendo, con su escopeta de 116 centímetros.

Nunca se hubiera imaginado Felix Avilés que ese día se ganaría el regalo más grande de su vida.

Tiempo después mientras se recuperaba, recibió de manos del mismísimo viejo Wilson el *sancta sanctorum* de los rifles, un Winchester 1895 que había traído de Estados Unidos hacía diez años. Así que este episodio no fue el último clavo en el ataúd del tigrero Avilés.

Se empezó a acercar a los aullidos del perro poco a poco, le llevaría unos quinientos metros, pero parecía que lo había encaramado. Empezó a correr más lento mientras iba preparando su escopeta.

Se detuvo a unos cien metros de los aullidos para asegurarse de que todo estaba bien y en ese momento escuchó el jayy de su último can; llevaba lagrimones de rabia cuando vio al enorme animal en el suelo, destazando su perro. En ese momento, apareció la perrilla desnutrida que se lanzó contra el tigre. El felino se subió, inmediatamente, al higuerón que tenía a la par. Era un árbol muy frondoso, pero Felix podía apuntar el gato con facilidad. El animal arriba gruñía y daba zarpazos a las ramas cercanas, amenazando con lanzarse contra sus detractores.

Avilés se puso en posición de tiro: la rodilla derecha en el suelo, la culata en el resguardo del hombro derecho, por el golpe que daba la escopeta y apuntó.

En ese instante se vino abajo el gato salvaje por entre las ramas y el tronco del enorme árbol y le cayó encima a Avilés. No tuvo tiempo de pegarlo, su disparo se disipó en la montaña y el tigre le desgarró la espalda y el pecho con sus zarpazos, pero ahí estaba Tajona, que había recibido ese nombre a raíz de que siempre pasaba en la cocina y había que sacarla con una tajona; fue la única que se salvó de una perra que parió nueve animalitos y todos murieron porque la madre no tenía leche. A alguien se le ocurrió darle en un huacal todos los días un poquito, al principio le untaban el hocico y cuando tuvo un poco de fuerzas, ella misma se arrimaba al huacal y lamía pequeños sorbos de leche y así se crio en la cocina la pobre Tajona. Le gritaban "si no salís voy a traer la tajona" y ya le tenía miedo.

Tajona se le tiró encima al tigre mordiéndole el rabo, las patas el lomo, lo que pudiera, hasta que el animal soltó a Avilés y agarró a Tajona, entonces tuvo tiempo el hombre de tomar la escopeta y dispararle al animal.

Tajona quedó destrozada en el suelo, a la par del tigre y Felix Avilés empezó a llorar, primero con algunos gemidos estertóreos porque los hombres no lloran y después, desconsoladamente, porque nadie lo estaba viendo.

Empezó a pasar una manada de monos cariblancos con su algarabía, mirando curiosos al hombre que parecía muerto, pero cuando se percataron del tigre y Tajona empezaron sus chillidos y alaridos de terror. Tiraban ramas, cacas, hojas y empezaron a bajar los líderes de la manada para indagar más de cerca la escena.

El ruido hizo que Avilés decidiera atender su miserable condición. Sacó un cacho de aguardiente y tomó unos tragos. Se echó otro poco en las heridas y logró levantarse.

Su caballo había quedado a una hora de ese sitio. Empezó a caminar con dificultad, pero sin detenerse, antes de que la selva untara de oscuro todos los caminos.

Se había convertido en un muerto, en una maldición, arrojado los pasos ruidosos de la montaña, donde lo podía seguir el león.

–Ahora yo sin perros ¿quién me avisará? –Pensó--.

Las empalizadas lo despojaban poco a poco del aliento necesario para llegar, la sangre seguía corriendo por la carne abierta, los mosquitos chupando y ese negro intenso en los ojos, amenazando con cerrarlos.

El olor tropical de la tarde ardía en las zanjas, las lagunas, el blancoscuro que a veces brotaba por entre los árboles.

--Un paso más, pero sin mi perrita –pensaba— y volvían las lágrimas a sus ojos, volvía a vaciarse la esperanza de lograr llegar al potrero.

Cayó al suelo, entre la hojarasca del bosque y empezó a oír sus propios pasos avanzando, se le cerraban los ojos en una quietud fúnebre de pantano, hundiéndose en la tarde, hasta que sintió el ardor insoportable de las hormigas que empezaban a devorarlo vivo.

Se levantó gritando y en uno de los surcos dejado por el tigre en el pecho estaba la mayor parte de hormigas en un festín macabro. Tomó tierra y se restregó el pecho. Se le hizo barro, que truncó el río de sangre que derramaba.

Emprendió el camino con más fuerzas. Quedaba ese hilo de sangre en el camino y él sabía que era una presa fácil para cualquier gato montés.

Se recostó a un guayacán, las piernas le flaqueaban, sentía que ya no lo sostendrían más. Siguió caminando, embrutecido por el dolor, pero ni el frío ni la inmensa llanura que apareció de pronto detuvieron sus pasos entumecidos. Allá a lo lejos se veía todavía el caballo, arrimado a la caseta de sal del ganado de los Wilson, suelto, como era su costumbre dejarlo.

–Me esperás aquí –le decía--. Le silbó y le silbó hasta que el caballo empezó a trotar hacia él.

Con unos golpecitos en las manos y la bestia se acostó y así logró Felix subirse al lomo de su caballo. Se sostuvo de la crin con todas sus fuerzas y no desmayó hasta llegar a la casa de Pacífica, donde lo ayudaron a bajar para arrancárselo a la muerte.

Cuenta cómo las brujas mandaron una carreta llena de sal a un guindo, de cómo la China quedó embarazada de Rigo y otros cuentos sin importancia.

Habían bajado a traer la sal, que se compraba por sacos. También comprábamos fósforos, pero no candelas porque nosotros las hacíamos de cera de jicote.

Una mona los asustó cuando se *jue* la carreta al guindo, una bruja… un embrujamiento. Era de noche y esa vez yo no iba. ¡Ni quiera Dios! Mi hermano sí.

La Cuesta del Cariblanco era de más de cien metros, a la orilla de un guindo.

Cuando llegaron a la trepada, para empezar lo plano, dio volantín la carreta y cayó con todo y bueyes al guindo.

No salió nada, pero oyeron carcajadas. A mi hermano lo perseguía ese animal. Oyeron las carcajadas del animal y se le *jueron* los bueyes al *pión*.

Él iba adelante, dormido en la carreta, por eso se orilló al cañón.

Con los primeros desgajamientos en la ladera, se despertó el *pión* horrorizado y le mandó un machetazo a la cinta que sostiene el timón con el yugo.

Los bueyes sostuvieron la carreta un poco, pero se *jue*, llevándose los bueyes de reculada. La pendiente los iba dominando, el *pión* ya iba cortando la cinta, pero la carreta se *jue* con todo y sal. Era un guindacho.

El hedor de la muerte avanzó destrozando los grotescos peldaños del camino y los bueyes hundieron las pezuñas para adherirse a la vida, mugiendo desesperadamente, sangrando las costillas por el remordimiento del chuzo que entraba insensible en las carnes.

El grito incendiando los bejucos que no sostenían la fatalidad convulsa, la carcajada del embrujo atrincherado en ese horror de ramas mutiladas.

--Te desbarrancás, Ambrosiooó...

--No estaba *dormío* patroncita, me salió la mona en La Cuesta del Cariblanco y me asustó los bueyes. No le dimos agua a los caites, nos quedamos en los fangales *pa'jalar* los *güeyes*, pero siempre se *jueron*.

No hubo tiempo de soltar coyundas y con los párpados cayendo de la borrachera, apenas si vio quebrarse la cornamenta del buey pardo que se fue mugiendo del dolor, precipitándose hacia la muerte, atraído por el pajonal en el fondo del guindo.

En pedazos, todo en pedazos... el crujir en pedazos, como una bocanada de muerte por ese boquete de la vida que se iba golpeando la selva, guindando en los bejucos, cayendo en la enramada, avanzando guindo abajo, como un zumbido de siglos, como un talud. Hasta que el silencio solo dejó escapar el mugido de un buey agonizante, con los ojos desorbitados, el hocico abierto y ese dolor perdido entre las sombras, recostado en el estertor de la vida que se marcha, dejando las premoniciones de unas letanías, como el suave mugido de quejumbrosos rosarios.

Todos persignándose: "Dios te salve María… Más *juerte* venís, más *juerte* es mi Dios, que el Espíritu Santo, me libre de vos."

--Y no *jue* el Bonito que jugaba la bruja, Mita, *jue* el otro.

--Ajá sí, el Bonito. Ese buey era de Placentino. A veces, si estaba *apersogao*; lo iba a poner por la mierda cuando se levantaba sonámbulo.

En la casona de Estebana, el canto de los gallos, el cacareo de las gallinas parecía una contestación a la monotonía de la tarde.

Un perro negro se acostó en los tablones del comedor a recordar el día en que lo mordió una terciopelo y andaba de rastras por el fantasmal cielo de verse perdido entre los matorrales, carcomiéndole la vida una multitud de alacranes.

--*Salga pa' juera* Mariachi –le ordenó Estebana— al tiempo que se devolvía alrededor de setenta años para ver La Cuesta del Cariblanco.

A lo lejos se oyeron los congos y sus aullidos parecían una presencia, un jolgorio en la montaña, en la verbosidad de los árboles.

La carreta sí se quebró, nada se aprovechó; las ruedas, por un lado, la mata buey por otro. Por dicha había buena luna y esto que La Cuesta del Cariblanco era limpia. Al lado arriba habían quemado el año anterior para sembrar arroz. Bueno, primero voltean la montaña, después pican toda la madera gruesa. Los árboles grandes, mamá los mandaba a limpiar. Se les hacía un limpio, como las rondas de las cercas para que no los quemara el *juego*. Era un limpio de hasta diez metros en redondo. Todos criticaban a mamá, pero ella decía que esos árboles se lo agradecían.

Cuando íbamos a Bagaces, salíamos a las tres o cuatro de la madrugada, casi siempre iba uno o dos *piones*. No llevábamos *balaú*, ni perros ni nada. Íbamos cortando clavos porque el tigre nos podía caer. Y no llevábamos arma porque Placentino era un tortero, quién quita y se jalaba una torta. En el monte sí caminábamos con *balaú*. No es que *juera* prohibido, es que a Mita le daba miedo por Placentino. Yo usaba *balaú* desde los nueve años.

Parece mentira, pero sí eran cosas que existían antes. A uno le decían: El Viejo del Monte y patitas *pa'qué* te quiero.

A nosotros nunca nos llevaron los duendes, pero a una hija de doña Irene Ruiz, suegra de mi tío Leonidas, sí se la llevaron.

Mi tío Leonidas tenía en Aguas Claras un fincón. Mi papa Ubaldo a todos les *jue* dando su tierrita y ellos las *jueron* agrandando.

Mi madre vivía comprando pedacitos y pedacitos. Les compró a los Monguía, que eran vecinos de nuestras tierras, era El Alto de Los Monguía, del Pata de Palo hasta Río Seco; Río Seco era una finca de una señora Ventura. La finca de mamá llegaba hasta Santa Lucía, donde coge el camino hacia Jericó, que es del Aromal y el que sale a Pijije. Ahí había una salida de caminos. Era la que usábamos antes para venir a pie o a caballo. Eran muchas hectáreas.

En la finca se sembraron grandes extensiones de pastos, ella le alquilaba pasto a Edgardo Baltodano y a Moncho Jiménez, por eso es que a Ubaldío y a Amado se les ocurrió sacar un ganado de una finca en Cañas.

Mi tío Ubaldo le dijo a Amado: "Mirá *hom*, tenemos un *volao*." Ahí llevaron el ganado ajeno, lo pasaron por detrás de la casa, por trillos y lo *jueron* a meter al fondo de la finca, al otro lado de Río Seco. Se lo habían llevado desde Cañas por Paso Hondo a pie y pasaron por El Zapote, al parecer por el camino de Jericó.

Ese ganado no bajaba a aguarse cerca de la casa, sino en Río Seco, donde estaba, por eso mamá no se había enterado.

Y claro, venía el Resguardo siguiéndole la huella al ganado. Llegaron cinco hombres armados un día y hablaron con mamá y ella les dijo:

--Yo no sé, vayan a registrar la finca, espero que no se pierdan.

--No se preocupe señora, vamos a entrar a ver.

--Bueeno --dijo mamá-- si algún *jueputa* de estos está metido en algo, que lo echen a la cárcel porque *necesidá* no tienen.

En eso llega Amado y mamá le dice:

--*Acuantá* pasó el Resguardo, anda buscando un ganado, ahí le traen la *juella*.

El hombre se puso nervioso y sin contestar salió *pa'l* patio, dis que a desensillar el caballo y se veía correr *pa'cá y pa'allá*, no tenía sosiego.

--No desensille --le dijo mamá-- alcance esos hombres y les enseña la finca.

Amado montó de nuevo el caballo azulejo y *jue* a seguir a los hombres del Resguardo. Iban bien orientados hacia Río Seco cuando los alcanzó.

--Mire compañero, *usté* sabe lo que estamos buscando. Mejor no nos haga perder el tiempo y haga las cosas más fáciles *pa' usté*. Si nos entrega el ganado, aquí no ha pasado nada.

--Yo se los entrego, pero sí les pido que lo bajen sin pasar por *onde* mamá.

--¿Y por *ónde* bajamos *caboo*?

Amado tenía veintitrés años, edad suficiente para enfrentar la ley con la rigurosidad que pudieran determinar los hechos.

Dos horas después venían Amado esposado en su caballo y el hato adelante. Ya el Resguardo llevaba orden de captura contra el hombre:

16 de enero de 1947.

Dobles Ramírez, José María, juez de Cañas, dicta auto de detención contra Ubaldo Ordóñez Delgado y Amado Ordóñez Delgado por su presunta autoría en el delito de merodeo en perjuicio de la Sociedad "La Florentina".

La medida se toma al hallarse graves indicios que comprometen la libertad de los recurrentes.

Días más tarde se cargaron a Ubaldío. Ahí estuvo preso. Lo sacó poco tiempo después Cristobalina. No sé cómo salió Amado porque mamá no lo hizo.

Supe que siete años, tres meses y diez días después se destapó todo el asunto del asesinato de

Moncada. Para entonces, Estebana y Placentino habían comprado la finca El Valle. A Blas Pasos le dieron tres mil pesos y se le quedaron debiendo al Banco tres mil más.

Con el asunto del asesinato, mi hermano *jue* a parar a la cárcel como cómplice, entonces decidimos dejarle la finca El Valle a la Teodora para que la Bendita Pública no nos la quitara, dijo Estebana.

Placentino le pidió a Teodora: "cuídeme eso mientras se arregla esta situación porque yo no tengo vela en el entierro".

Mi hermano estuvo como cuatro meses en la cárcel y cuando lo logré sacar, *jue* donde Teodora para hacerse cargo de la finca y de los animalitos que había dejado: una yunta de bueyes, un caballo y dos yeguas, pero Teodora le dijo que no tenía nada ahí, solo los bueyes y las bestias; con eso empezó a trabajar Placentino poco tiempo después, arreglando las calles de Liberia. Llevaba cascajo de allá arriba por Pueblo Nuevo hasta las calles del centro. Después dejó la *carretoniada* y se *jue* a trabajar en una ladrillera que tenía Manuel Morales, el que *jue* comandante de Liberia.

Yo por dicha trabajaba en la casa de Dorita Peña, una señora que me quería mucho, tanto que ella pagó el abogado que me ayudó a sacar a mi hermano de la cárcel.

Imagínese cuánto podía ganar yo por cuidar a José Andrés, a Clemencia y a los dos viejos, Dorita y el señor Solano. Yo les hacía la comida, les lavaba y limpiaba la casa, pero el salario nunca habría alcanzado para pagar un abogado.

Mi hermano tenía que llevar curador porque en ese entonces, todavía era menor de edad; para ser mayor de edad había que tener veintiún años.

El esposo de Dorita era don Juan Manuel Solano, un dentista. Ellos vivían a la par de la Gobernación, al costado oeste.

José Andrés, el hijo de ellos, era Capitán de Policía y él me aconsejaba cómo podía hacer para sacar a mi hermano de la cárcel.

Luego vino la Guerra del 55 y agarraron a Placentino y le dijeron: "*usté* tiene que ir a defender la Patria" y se lo llevaron como chofer.

Sí, José Figueres era el presidente en ese momento y había ganado en los comicios de 1953, pero se desató esta nueva invasión desde Nicaragua, mejor planificada y financiada que la del 48.

Nicaragua y Venezuela y sus dictadores Somoza de Baile y Marcos Pérez Jiménez, miembros de la Internacional de las Espadas, le habían declarado la guerra a Figueres desde 1948. Luego se destaparon otros conspiradores que deseaban derrocar a Figueres, entre ellos estaban políticos desplazados como Rafael Ángel Calderón Guardia, su hermano Paco, Mario Echandi y Fernando Castro Cervantes.

Se habían enviado desde Venezuela siete aviones a Nicaragua con el propósito de bombardear la capital, Villa Quesada y la ciudad de Liberia, que antes se llamaba Guanacaste y otros lugares. Bueno, poco tiempo después apareció por ahí una tanqueta que Somoza le había dado a Calderón Guardia para atacar Liberia.

No, si era serio el asunto, concluyó Estebana y se quedó en un largo silencio, atravesado por amargos recuerdos que le sacaron un par de lágrimas. Quizá fue la segunda vez que la vi derramar una lágrima en toda su vida.

A veces me conmuevo de saber que ese cabrón de Amado lo destruyó todo, continuó. Era un hombre malo porque cuando murió mamá nos echó de la finca y nos tuvimos que ir sin nada.

Jue terrible porque al morir mamá nos quedamos en Bagaces Placentino y yo como un mes y cuando volvimos a la finca ahí estaba Amado y nos dijo, ustedes no tienen nada aquí, lárguense.

En la finca vivía Amado y Teodora, que era vecina. Vivía como a diez minutos de la casa. Teodora *peliaba* con la China por Rigo, pero ella *jue* quien se la llevó.

Cuando Teodora vivía en el Cajón con Rigo Lacayo, nacieron Chico y Bululo. A Amable ya la tenía. La China *jue* a parir a Marcial a Las Ventanas, a pesar de que se la pasaba en El Cajón, la finca de Rigo.

A Teodora no le importaba dejar a la China sola, le importaba que le ayudara a cuidar sus hijos, a cuidar a su hombre mientras ella iba a Bagaces. A su regreso agarraba a la China del pelo por haber dejado que se raspara Francisco o Gerardo, pero en realidad era porque pensaba que se había acostado con Rigo, entonces le daba más cólera y la arrastraba por el patio.

Antes los hombres hacían lo que les daba la gana con las mujeres y la Teodora por mantenida, porque siempre *jue* mantenida, nunca se *jue* a hacer su vida. Siempre decía: "que la China me vaya a cuidar la casa", pero si la casa estaba con el desgraciado de Rigo, dígame, qué podía hacer la China cuando uno era tan baboso, a pesar de que ella era tan malcriada.

Ahora las mujeres no se dejan envolver así no más. Vea, por ejemplo, el caso de Moncada. A ese hombre las mujeres le tenían miedo y hasta los hombres porque se decía que tenía un pacto con el Diablo, porque era brujo. Eso *jue* la muerte de él, porque como él se las daba de…

La China se largó para Quebrada Grande en una de sus rabietas, no era que iba a curarse donde

Bartolito, seguro el motivo *jue* separarse de Teodora, el caso es que dejó botado al chino Marcial, como de tres años y Mirian de meses.

Trata sobre la causa de muerte de Pacífica y los mismos enredos del Viejo.

Sonia sabía quién era su padre, pero se reusó a ese conocimiento. Ella sabía que no quería saber que su padre era su abuelo. Ella sabía que sus tíos sabían que eran sus hermanos.

Cuando mi mamá murió, vivíamos allaaá en el cerro de Santa Elena. Ella se venía enfermando desde hacía mucho tiempo y la primera vez que *jue* al hospital me dice:

--Sonia, voy a decirle a Emiliano que busque cómo vender esta finca, ya nosotros aquí no podemos hacer nada. Ya a mí me escaparon de matar las brujas y no quiero que los maten a ustedes también.

Estábamos en la finca Santa Elena, que era la única finca que nos habían dejado, pues al morir mi abuelo, los hijos nos despojaron de todo lo que pudieron.

Bueno, la cuestión es que mi hermano empezó a dar vueltas para vender la finca, pero no la vendió, sino que la cambió. El problema *jue* que el viejo que se la cambió, le ofreció una allá en los infiernos, hablándolo así. Claro que era un buen cambio para ese viejo porque se llevó a mi hermano en las de andar.

Se *jueron* a una cantina para tratar la finca y después *jue onde* mi mamá y le dice:

--Ya cambié la finca por otra.

--¿Y *ónde* queda esa otra?

--¿Allá *onde* el diablo perdió la chaqueta?

--Diay --dice mi mamá-- qué vamos a hacer.

Como ella estaba media tocada de la cabeza ni podía pensar. Ya casi la tenían que llevar *pa'* el hospital.

Si a mí me hubieran dicho que me *cambean* esa cochinada por nuestra finca, yo les digo que no, muchas gracias, pero idiay.

La cosa es que saliéramos de Santa Elena a como diera lugar porque, según ella, la estaban enfermando las brujas y además tenían una jarana en los bancos y es un problema tener jaranas con los bancos. Si es que cuando una nace *pa'olote,* del culo no pasa.

En eso se viene la chismosa y odiosa de María Ester, que estaba en Argentina y le avisan a mamá que la *juera* a traer o sea que estaba allá en la chingada y no sé quién le avisó que mi mamá estaba muy enferma.

Cuando llegó a la casa y mamá le dice que mi hermano había *cambiao* Santa Elena por otra, empieza esa mujer, *jue* tirándonos y tirándonos, nos daba cachetadas, nos *trapiaba* y yo le hablaba y le hablaba y mi mamá se puso a llorar y yo también.

--Por amor a Dios, dejen de *peliar* --dijo mamá--.

Pero ahí no terminó la cosa porque María Ester, le dice a mi hermano:

--Pues *usté* verá Emiliano cómo hace *pa'* salir *de´sto*, que oscurezca y no amanezca y ojalá que *usté* también se me largue de aquí --me dice a mí--.

--Bueno --le contesto-- yo sí tengo mi trabajo.

Yo trabajaba en una finca y me *jui pa'* allá.

Bueno, yo oscurecí y no amanecí, me *jui* temprano. Mi mamá quedó llorando.

--Sonia --me dice-- no te olvidés de mí. ¿Oíste, cómo se te ocurre irte y dejarme sola, ahora que tenemos que irnos *pa'*allá, *pa'quellos* barriales?

--Mamá, ¿*usté* no oyó todas las cochinadas que María Ester me dijo? --le contesto--. Yo no tengo nada que hacer aquí. No voy a ir con ustedes, yo me quedo trabajando. Está bien, que no sé qué y no sé cuánto, siguió diciendo.

Ahí se quedaron.

¡Tenían una de chunches! ¿Cómo le digo?

Siempre me acuerdo de los *molenderos** lindísimos porque yo los lavaba con hojas chiguas y los dejaba que hasta que brillaban.

En Santa Elena, mamá tenía unos *molenderones* como de aquí, allá. Antes eran *molenderones* grandísimos. Esos *molenderos* se quedaron, una parte de chunches quedaron *botaos* en el camino, otros en la finca, aquello *jue* un desastre.

El *ganao* ya se lo había llevado Emiliano *pa' l'otra* finca, allaaá donde solo había garrapatas y moscas que engusanaban el *ganao* y llovedera que ayúdeme a decir. Ahí no se le veía la cara al sol, solo neblina y lluvia.

Estaba yo en mi trabajo, cuando llegó una familiar de nosotros, una hija de Amable. Era Flor y desde que la veo venir, me pongo nerviosa y desde que ella me ve, se me tira encima llorando y me dice:

--Sonia, a mamá la volvieron a sacar *pa'* hospital.

--¿Cuándo?

--Ayer.

--¡Ay Dios mío!

**Molederos: tablón que se instalaba en las cocinas para moler maíz y hacer otros oficios.*

Y alisto que no alisto mi maleta y voy donde el señor que picaba leña y le digo:

--Vea don Manuel, yo me voy, ahí quedan un montón de tortillas, quedan frijoles, una cazuela de arroz, yo no sé qué van a hacer, pero yo me voy y le digo a uno de los que estaban ahí, como en una reunión, que si me prestaba un caballo y me presta un caballo que era una cochinada, era como montarse en un perro, echaba dos pasos *pa'lante* y cuatro *pa'trás*. La cuestión es que nos *juimos*.

Eran más de las tres de la tarde y al caballillo casi había que echárselo al hombro. Dormimos en medio camino, donde los *papases* de Saturnino, cerca de Bagaces.

A las cinco de la mañana nos dejamos ir y allá encontramos a Jovita y la Mina. Jovita no era hija de Moncada, era de Saturnino.

Mi hermano no aparecía y yo pensando, este pedazo de infeliz, ahorita voy a buscarlo a la cantina, allá en Los Naranjos de Liberia.

Sonia se quedó en silencio, le pasaron imágenes del indio al que la regaló su madre cuando apenas tenía quince años, para que la librara de maleficios, de las muchas veces que su padre la mecateó porque no se dejaba amedrentar de sus hermanos mayores y menores, que eran los dueños de la finca, de que siempre fue apátrida en la Casa de las Pulgas, de que se quedaba en posición fetal mirando hacia el camino a esperar que llegara su madre, de que a veces, de ahí la tomaban del pelo para llevarla adentro porque empezaba a llover y ella seguía ensimismada.

El recuerdo de la multitud de niños y niñas lanzándose desnudos al río mientras ella los veía desde la orilla y ninguno la invitaba. Los oía gritar y reír porque se echaban agua, porque alguna o alguno se perdía en lo profundo de la poza y después todos corrían a tomar leche caliente. Para ella no había porque no era hija de Orfilia, sino de la mujer que se le había metido a su hombre. Una mujer maldita porque era su propia hija y no debió haber sido el objeto del deseo de su padre.

También era odiada porque no se dejaba amedrentar. Su propia hermana, María Ester, la tiraba bajo el fogón porque no se callaba cuando le decía que trajera más leña, que ayudara en la cocina, que no llorara por nada, que mamá ya casi viene.

Juana estaba en Santa Elena atendiendo al Viejo, atendiendo sus vacas, sus gallinas, sus chanchos, sus perros y dos gatos o estaba en El Zapote demostrándole a su madre que ya era una mujer pudiente, que tenía todo lo que necesitaba, que ya no la podía volver a colgar en la troje porque tenía un hombre que la defendía, que Amado no le podía gritar por más berrinches que le dieran. Los hijos se podían quedar ahí hasta que volviera. Nada les iba a pasar.

Sonia escuchaba el gorjeo de palomas silvestres y una que otra gallina buscando dónde anidar, dónde librarse del calor infernal que hacía. En el techo se escuchaban tiritar las láminas de zinc del inmenso calor, que atraviesa hasta la estancia, donde desde el taburete mece Sonia los recuerdos de su infancia: "iba la niña camino a la choza del indio, a intervalos de diez pasos de detenía para suplicar que no la entregara a ese hombre y su madre la arrastraba con amenazas de si no te comportás, te reviento a mecatazos.

La senda se empinaba por una parte atiborrada de peñascos y maleza. Luego llegaban a una pequeña planicie desnuda de esa vegetación inclemente. A un lado, aparecía el río Zapote y una parvada de pericos cruzaba el horizonte con rumbo desconocido.

Hubieran ido a caballo, pero la potranca no la hacían pasar los portillos, así que caminaron, iban descalzas. La niña, que en poco tiempo cumpliría quince años, miraba hacia el camino y apenas si se percató del hombre que pasó a caballo: "adios Juanaaá, *¿Pa' ónde* se la *llevaaa?*

Mire y como le decía, pues sí, hay un embrollo con mi papá, que era mi abuelo, por eso es que a mí Estebana no me quiere.

A mi abuelo no le importaba si ese indio me garnacha y parecía que a mi madre tampoco, ella solo decía que tenía que respetarla. Seguro eso lo escuchó del padre alguna vez en misa. El caso es que yo tenía que obedecer a lo que ella decidiera conmigo.

Mi madre nos dejaba solos en la finca de mi abuelo. Aquello era una sambumbia de güilas, varios mayores que yo. Nos quedábamos solos tanto tiempo.

Esta cicatriz me la hizo mi abuelo porque le pegué a un tío-hermano menor que yo.

Y bueno, cuando mataron a mi abuelo Moncada, mi abuelita y mi bisabuela Cristina ya habían muerto. Imagínese *usté* los golpes que se llevó mi pobre madre, por eso es que nosotros somos así.

Vea, mi hermano se llama Emilio, pero le decíamos Emiliano, enredos que hacen los padres con uno.

La cosa es que las dos abuelitas estaban enfermas, lo que no me acuerdo es cuál murió primero si mi abuelita o mi bisabuelita. Mi bisabuelita murió de *viejez*, en cambio mi abuelita murió de un mal que le hicieron. *Jue* la mamá de una muchacha joven. La muchacha se había muerto de parto. ¡Ponga *cuidao*!: el novio que la había dejado embarazada anduvo con la Teodora.

La mamá de la muchacha se dio cuenta que *jue* Teodora con otra mujer, las que le habían hecho un embrujo. Entonces vino la mamá y dijo:

--Aaah sí, se conchabaron *pa'* hacérmele daño. Pues con esta no se quedan, van a pagar por haberme matado a mi muchacha.

Eso nos lo contaba mamá y a uno todo se le pega.

Cuando la muchacha *jue* a mejorarse, no pudo. *Jue* aquello toda una tragedia, como un animal la pobre muchacha. Hoy que yo ya soy madre, sé lo que es parir.

Bueno, la cosa es que la muchacha murió, se reventó y no pudo nacer la criaturita y era un varón, dicen.

Entonces dijo la madre:

--¡Aaah sí, me la mataron! Está bien, pero ahora con esa no se quedan.

Entonces viene y vigila a la Teodora y le hace un maleficio.

Usté sabe que uno antes no tenía escusado, todo era en el monte. Uno se levantaba en la mañana *y iba* como un animalito detrás de la casa a hacer su *necesidá*. Teodora tenía un campo donde iba todos los días a hacer las necesidades que uno hace cuando se levanta por las mañanas.

Bueno, pues decía mi mamá que ahí había puesto la señora el maleficio.

Pues resulta que no se levanta Teodora, sino la abuelita Pacífica y se va al lugar donde ella hacía su *necesidá* y se le mete aquello. Decía mamá que era una chancha. La cosa es que a mi abuelita le *jue* creciendo y le *jue* creciendo el estómago, que aquello era un estomagón, que decía mamá que hasta le guindaba.

Aquello era terrible y ahora imagínese, ella ya no podía ir ni al monte a hacer su *necesidá* porque no se podía ni levantar y un bicho se le trepaba y ella decía que era una húngara o sea que la mujer que le hizo el daño era de Hungría, decía ella.

Antes había gente que hacía un cajón, como decir un servicio y ahí la ponían a hacer la *necesidá* y le ponían un trasto por debajo y resulta que se le pega el asiento. ¿*Usté* puede creer?

Y eran quejidos y se le rompía toda la piel cuando la estaban sacando de ahí. Y eso *jue*, ya por aquí, ya por allá, hasta que la pobre señora murió.

Cuando murió eran unos *aguales* de todo el cuerpo, como si se *juera reventao* todo.

A ella la estaban curando con una señora, decía mi mamá. Uno no sabe muy bien cómo es la historia porque no tiene que estar de *adelantao*:

--¿Mamá, pero cómo *jue* eso?

--Bueno –decía-- que a ella la llevaron *onde* una bruja y vino la bruja y le hizo un tratamiento y le dice que solo Placentino y Juana le dieran este tratamiento, la Teodora no.

En esos días, mamá se *jue pa'* una finca, seguro *pa'onde* su tata en Las Pulgas y Placentino se *jue* a pescar. La abuelita solo quería caldos de *pescao* y cosas así, entonces vino Teodora y le dio la *medecina*. Estebana estaba muy pequeña por eso no le *dijieron* que ella se la podía dar también.

Cuando mi mamá llegó, la señora ya estaba fatal y el vaso de la *medecina* se reventó. ¿Sepa judas qué había ahí? Nosotros le preguntábamos a mamá:

--Pero ¿cómo explotó el vaso?

Mi mamá se ponía bravísima y no nos daba explicaciones.

La cosa es que la abuelita siguió mal y Placentino *jue onde* la vieja y ella le dice:

--No, ya todo está perdido. Lo que adelantamos, se *jue*. La húngara lo tiró todo al fondo del mar --le dijo la señora-- ahora ya no se puede hacer nada, esa señora se va a morir, tiene los días *contaos*.

--Si yo no me *juera* venido aquí a verlos --nos decía mi mamá-- no se *juera* muerto y tan pronto me vengo yo y Placentino se le antoja ir a pescar. Todo lo hizo el Diablo, decía ella. Y así iba muriendo la abuelita Pacífica.

Cuando mataron a mi abuelo, viene Efraín y se enamora de la madrastra. Efraín era el hijo mayor de mi abuelo, hermano de mi mamá y mío también. Era el mayor de mi abuelo, digamos de matrimonio porque es que mi abuelo se juntó muchas veces.

Mi abuelo vivió con la abuelita Pacífica, tuvo a mi mamá, después vino y se enamoró de Zoila, hermana de Pacífica y va y se casa con ella y empieza la pobre mujer a parir hijos porque era... ¡ay Señor! ¿Por qué Dios no me borra todos estos pensamientos?

Pues cuando lo mataron nos quedamos en la finca que le había dado a mamá, porque él tenía un *fincaralal*. Mi mamá tenía tres fincas. Nosotros *juéramos* millonarios a estas alturas.

Pues resulta que se *ajunta* con Zoila y empieza la mujer a parir hijos y ahí viene otra vez y se mete con la abuelita Pacífica y así nació Estebana. Ella odia a ese hombre. Ese Viejo es el culpable de muchas cosas. Si uno sabe que esa chiquilla es hija de uno, pues la debe respetar. Mi madre en cambio decía:

--Bueno, el hombre tiene derecho a enamorar hasta su propia madre, allá la madre o la hermana, qué sé yo, si se deja, eso nos decía mamá y yo pienso ahora. ¿Por qué? Claro, como a ella no la respetó.

Dicen las habladas que a Estebana le iba a hacer lo mismo. Dicen que una vez la encontró en un portillo. Ella andaba arriando *ganao*, qué se yo, y mi abuelo le agarró la rienda al caballo que ella andaba y de ahí le echó la pierna y cuando Estebana cayó, ahí la iba a agarrar, pero se equivocó. Primero la iba a agarrar *pa'* violarla, hablándolo así y después *pa'* meterle una sola *garrotiada* porque Estebana andaba diciendo que nosotros éramos hijos del abuelo.

Al parecer, siempre le metió una reventada con una manila, que casi la mata. Era la manila de amarrar caballos, con eso le pegaban a uno.

Estebana le dijo que con esa no se quedaba, se *jue* a su casa y le dijo a Pacífica. Esa misma mañana, andaba Amado haciendo una ronda y el Viejo se lo encontró o lo andaba buscando.

El Viejo lo *ispió** desde un canjilón bien feo y él pensó que se lo iba a comer, pero se equivocó de puerta, como decimos, porque Amado andaba un su perrito. *Usté* sabe que antes uno salía con su perro. Entonces, el perro empezó a gruñir y dicen que apenitas le dio con un garrote y Amado se zafó a correr y le gritó, desde lejos:

--Vos vas *pa'* viejo y yo *pa'* hombre, con esta no te vas a quedar.

**Del verbo espiar.*

Y ves, pocos años más tarde lo matonearon. Metieron a Placentino, que era menor de *edá*, pero lo encerraron nada más que tres meses. A Ceferino lo *jueron* a agarrar allá por el río de Cuatro Bocas, ahí se tiró *pa'* escapar, pero le cayó el Resguardo porque le iban siguiendo el rastro desde allá por donde nosotros vivíamos en Cerro de Santa María, por Dos Ríos, no como dicen que *jue* en su casa en Quebrada Grande, ni cuenta se dieron sus hijas cuando se lo llevaron.

Bueno, sigo con el tema de la Orfilia. Entonces viene Efraín y le dice a Orfilia, que era la madrastra, que se metiera a vivir con él.

Mi abuelo se había enamorado de esta muchachilla de catorce años, él tenía casi cincuenta años y se casó y empezó la pobre muchachita a parir güilas. Los primeros que tuvo eran gemelos, hombre y mujer.

--Mamá nos decía: "*pa'* eso era bueno mi tata".

Nosotros nos quedábamos pensando y le preguntábamos cosas, pero nos decía que nos iba a dar un par de mecatazos *pa'* que dejáramos de preguntar tonteras y nos enredaba una cosa con la otra.

Imagínese que yo nací en el 48, el mismo año en que murió el papá de María Ester, que era la mayor de nosotros. Esa no era hija de Moncada, era hija de un hombre de Alajuela porque mi mamá se había ido *pa'* allá por los mismos problemas con mi abuelo, seguramente, la andaba persiguiendo, pero cuando ella regresó de Alajuela, se *jue* a la finca de mi abuelo por interés de lo que él tenía porque si ella no volvía, le quitaba todos los bienes, aunque cuando mataron a mi abuelo, después de ese enredo de la miércoles, como digo yo, mi mamá se largó y solo le quedó Santa Elena.

Juana tenía treinta y un años cuando Moncada la dejó embarazada de Sonia. Al año siguiente la volvió a dejar embarazada y nació Emiliano. Estebana en ese momento tenía once años y su madre empezaba a dar muestras de la enfermedad que la llevó a la muerte.

Zoila Rosa tenía cinco años de muerta cuando Moncada dejó embarazada por segunda vez a Pacífica, su hermana.

--He quedado solo Pacífica –le dijo— no te opongás, esto no es por una remembranza, es porque todavía estás muy buena, mejor que Zoila y te deberías venir conmigo. Todo resultó en un forcejeo del que Pacífica no pudo salir ilesa.

Ella recordaba los momentos aquellos en que le había prometido que, si se callaba, se quedaría con ella, pero no le gustó que no fuera una mujer sumisa. Solo por las malas te agarro, le había dicho.

A los treinta y siete años quedó embarazada por las malas, nuevamente, del viejo Moncada.

Amado era un mozalbete de casi catorce años, que no podía defender a su madre, pero terminó enterándose porque el Viejo decidió volver a El Zapote una y otra vez.

Juana estaba en Alajuela en ese momento, y a su regreso se enteró de que su padre quería volver con Pacífica y empezó a sentir celos de su madre.

--¿Por qué vas tanto donde la Mita? --Le preguntó un día--.

La respuesta fue contundente:

--Porque me da la gana, porque si dejo de ir a lo mejor te agarro a vos.

Hacía años que se habían dado unos flirteos. Moncada le decía que, si se iba con él, le iba a dar una finca y mucho ganado.

--Sí, yo me voy con *usté* papá.

Pero Juana a los diecisiete años no sabía qué significaba irse con el Viejo. Por eso un día (que la invitó al cuadrante y en el camino se detuvo a sestear bajo un higuerón) se puso a llorar porque el Viejo le empezó a tocar los senos.

--Callate, es solo *pa'* que se te pongan duritos.

No tuvo valor de decir que no. No pudo correr ni gritar. En ese momento el Viejo oyó el trote de un caballo, que se acercaba a menos de cincuenta metros y dejó que Juana se montara de nuevo a su bestia.

--Otra vez seguimos mijaaa porque te voy a dar una finca con *ganao* y ya no te vuelve a pegar tu *mama*.

Dos semanas después se marchó Juana para Alajuela, regresó al año siguiente, desilusionada, pero el asedio del Viejo hizo que se devolviera y pasados dos años quedó embarazada de María Ester. Allá se quedó a tratar de continuar con su vida, pero la adversidad le doblegó la esperanza. El padre de María Estér no quiso ayudarle y quedó sola, con una niña de meses, sin trabajo ni casa donde vivir porque nadie quería contratar una empleada que tuviera una cría.

Acababa de cumplir los veintidós años cuando tomó la decisión de regresar donde su padre. Parecía el único lugar seguro para una mujer que no tenía nada más que una niña en la vida.

El Viejo no la dejó tranquila durante los próximos nueve años; había un asedio timorato, con repercusiones en el diagrama de los días. Era un asedio subordinado al trabajo, al abrir de tiempos lejanos, donde se quedaba esa fórmula mágica que atrofió el trotar de un caballo, un asedio sutil porque estaba engolosinado con la joven Orfilia, a la que tomaba día tras día, con el afecto indiferente con que se tomaba un jarro de café con leche.

Hasta que llegó un día, más presuroso que de costumbre y le hizo señas para darle el certificado de un deseo que se había acumulado por años y lo recibió Juana para traicionar a Orfilia, porque se lo merecía, porque Dios así lo quería, porque el hombre puede tomar lo que él quiera, porque ya no le daba miedo, en fin, porque había que devolver algo de las cuatrocientas hectáreas y treinta vacas.

Desde esa noche bebieron, prodigiosamente, padre e hija, de la misma lluvia, ya sin sustos ni apologías porque fue posible dormir en Las Pulgas o Santa Elena bajo el remanso de los ruidos de la noche, al borde de una tibieza confusa, disolviéndose en hilachas y así nació también Emiliano.

Después de que mataron a mi abuelo Moncada, continuó Sonia, Orfilia no le quiso hacer caso a Efraín, por eso la echó de la finca. Había quedado muy joven, como de veintisiete años, entonces viene Orfilia y se *ajunta* con un viejo llamado Carlos, que había sido casado como tres veces y se *jue pa'otro* lado. Ya iba embarazada y le quedó la finca a Efraín, un fincón porque eran varias fincas. Por ese entonces, mi mamá se juntó también con un chiquillo de quince años. ¡Padre mío, Santo Dios! ¡Qué Dios nos ayude a nosotros, qué enredo!

Y no le había dicho que cuando mataron a mi abuelo, Efraín le pidió los libros a Orfilia y le dio el libro más importante de brujería que tenía mi abuelo. No sé qué *jue* de eso.

Nos cuentan, sin detalle, la vida en la finca de Pacífica, cómo la perdieron y el arreglo entre Rigo y Amado para matonear a Moncada.

En la finca de mamá los nicas se emborrachaban con coyol, tocaban guitarra, bailaban y zapateaban. Los nicas hacían fiestas, eran alborotados. A veces había hasta tres familias y por aparte, de cuatro a seis hombres más, que no tenían familia. Algunos de esos hombres iban de paso. Se ganaban una plata y seguían hacia las bananeras. Las familias tenían que estar cuidando las muchachas para que no se enrolaran con esos hombres.

Un día, Aparicio Orozco, un hombre que tenía como cinco años de vivir en la finca con su familia de seis güilas, se le plantó a un nica que se quería llevar a la muchachita más grande. Tenía como doce años la muchachita. *Jueron* a llamar a mamá pues se había armado el pleito y ya se iban a ir a los machetazos. Ese mismo día, mamá le dio una plata al nica para que se *juera*.

Todas esas familias tenían ranchos de paja forrados de madera. También se hacían los techos con trozos de madero, uno sobre otro, de abajo hacia arriba, no había zinc.

Una vez estábamos en el corral y mi madre escuchaba los gritos: ¡Mitaaá, este patas de alcaraván me amarró!

Placentino me había amarrado de la horqueta del palo de jocote. Habíamos llegado a comer jocotes. Mamá me hacía trenzas y en la punta me hacía una colita con burillo de plátano. Entonces, me senté en una horqueta del palo con un manojo de jocotes. Detrás tenía una rama a la que me *arrecosté* y el maldoso de Placentino me amarró de la cola. Él se había subido por unas ramas guapes. Cuando yo me voy a levantar, no pude porque me amarró de las trenzas. Yo gritaba arriba del palo: Mitaaá, este zancudo, patas de alcaraván...

Mamá se subió con tanta dificultad porque era gorda y chiquitilla... Y me suelta mamá y con la misma me agarra de la trenza, me baja de ahí y dele y dele, solo a mí porque ya Placentino no estaba. Y me dice, vaya a buscar qué hacer jodido. Estaba en eso mi madre cuando la llamaron para que no se mataran esos viejos por la muchachita que se quería llevar un forajido.

Jue muy divertida mi infancia, pero también trabajábamos mucho, nos tocaba ver el ganado, revisar cercos, portillos, ver las vacas, nixquezar el maíz. Había que nixquezar día de por medio porque un peón se comía hasta dos tortillas grandes en un desayuno. Mamá le daba de comer solo a los peones que no tenían familia.

El maíz lo poníamos al *juego* en una gran olla de hierro, le echábamos ceniza y ahí le atizábamos el *juego* por dos horas. Después había que lavarlo bien y molerlo. Nos levantábamos a las tres o a las cuatro a moler maíz, Placentino y yo.

Echábamos la masa en una batea de madera y mamá iba haciendo las tortillas. A algunas les ponía queso y a las cinco estábamos comiendo con nata, con queso, huevos y gallo pinto. A esas horas ya venían dos peones con un tarro de leche en cada mano, pues habían estado ordeñando las vacas. Si no habían terminado, que era lo normal, se volvían a ir y regresaban a desayunar hasta las seis o seis y media. Después cada cual se iba a los quehaceres que les había encomendado mamá.

También tostábamos maíz para hacer pinol o tostábamos café. A los peones les tocaba sembrar frijoles, sembrar maíz, arroz.

Teníamos un trapiche pequeño, era más bien un galeroncillo donde estaba un majador y una paila, nada más. Se iba a cortar caña y se jalaba una carretada.

Entre dos personas majaban la caña con una prensa de maderos, que también se hacía en la finca. El jugo viajaba hasta la paila, a través de un bambú partido en dos. Ese jugo se cocinaba hasta lograr el dulce y el sobao, a veces se intercambiaba dulce por otros productos con los vecinos que tenían trapiches más grandes.

Por la tarde había que apartar los terneros de las vacas para que no se mamaran, después de ordeñadas en la mañana, se les daban los hijos.

El corral donde se dejaban los terneros estaba muy cerca de la casa pues el tigre se los podías comer, pero no faltaba algún atrevido y ahí estaban siempre los perros que avisaban.

Había en la finca un señor portillero, él andaba todo el tiempo dándole vuelta a los cercos porque los toros del Viejo o los nuestros rompían los cercos, entonces para que mamá no tuviera problemas había un señor dedicado a esa tarea.

Si había ganado del otro lado y nosotros lo pasábamos, nos podía *mecatiar* el Viejo si nos encontraba. Entonces el portillero iba a decirle a Mita que se había pasado el ganado y ella mandaba dos o tres sabaneros para que lo devolviera.

Y vea usted, al final lo perdimos todo, no quedó ganado ni caballos ni bueyes ni carretas ni gallinas ni chanchos, todo se perdió, yo no volví a ver nada de todo lo que tenía mi madre y salimos de la finca con la ropa que llevábamos puesta, eso es lo que más me ha dolido en la vida.

Teodora y Amado *jueron* los que cogieron la finca El Zapote después de que murió mamá. Cuando Placentino *jue* a parar a la cárcel porque Amado y Rigo le pidieron el *balaú*, todavía estábamos en la finca. Placentino les prestó el *balaú* porque según ellos iban a *montiar*. Mamá ya había muerto y Teodora se había separado de Rigo Lacayo hacía mucho tiempo. Entonces se *jue* a la finca de mamá.

Rigo y Amado se pusieron de acuerdo para matar a Gustavo. Rigo le tenía pánico, era cobarde, pero lo quería matar porque si el ganado se pasaba a las tierras de Moncada, no lo podía sacar.

Amado en cambio, lo enfrentaba, por eso el Viejo lo vivía sentenciando con que lo iba a matar. Amado caminaba con un jodido bocón al hombro, no con un guape, era un bocón, por si lo tiraba no perder el tiro porque son perdigones de matar piches o patos en lagunas o suampos.

Amado halló muy fácil que Rigo hablara con ese nica, Carlos Díaz Bojorquez. Antes se necesitaba mucha plata para contratar un matón, más si se trataba de una persona importante como Moncada. El Viejo era el que tenía más tierras y ganado después de los Wilson.

Amado y Rigo comían en el mismo plato, ellos lo *planiaron* todo, pero Rigo se salvó, solo estuvo unos meses en la cárcel porque tenía mucho dinero. Rigo tenía más de seiscientas cabezas de ganado y más de doscientas bestias a medias con su primo Enrique Montiel. Muchas ni las amansaba.

Cuando Rigo estuvo en la cárcel, los hijos de Gustavo Moncada le envenenaron casi todo el ganado. No lo quebraron, pero lo dejaron débil. Era ese *ganadambre* que iba a morir a los patios de la casa. Al principio, mucha gente pensó que era un embrujo y por eso se moría el ganado, pero después se dieron cuenta que los hijos de Moncada, en venganza, le ponían sal envenenada al ganado.

Rigo se salvó porque tenía un buen abogado, pero estaba bien embarrado en el asunto. Era el abogado de Montiel, quien era primo de él y no lo dejó ahogarse.

Amado involucró a todo mundo: a Ceferino, al Nica, a Placentino y por supuesto a Rigo. Después los andaban buscando. Amado, dicen que se metió en la montaña, allá en la Chuluteca. Alguien le dijo que lo andaban buscando. Él pensó que eran los hijos de Moncada, pero no, era el Resguardo. Así conoció a José León Sánchez en San Lucas y vivió de primera mano, lo que más tarde José León nos narraría en "La isla de los hombres solos".

A Ceferino lo *jueron* buscar a Quebrada Grande, pero no lo encontraron.

El papá de Ceferino le había dejado dinero a Chepe, su hermano, para que lo siguiera defendiendo porque el viejo estaba convaleciente.

Estuvo a punto de salir libre, pero el viejo murió y su hermano se hizo gato bravo con el dinero y lo dejó podrirse en la cárcel.

El papá era Chico Acuña, un hombre que había amalgamado una pequeña fortuna.

Le dijo a Chepe Acuña: "te dejo este dinero para que terminés de sacar a tu hermano de la cárcel", pero Chepe se embolsó el dinero y dejó que a Ceferino lo condenaran a veinticinco años de cárcel. *Jue* a parar a San Lucas, pero solo estuvo seis o siete años.

Placentino estuvo como cuatro meses porque él era menor de veintiún años por ese entonces, pero también porque salió inocente. Así *jue* y vea usted, cuando Placentino *jue* donde Teodora a pedirle de nuevo la finca El Valle, que le habían puesto a su nombre para que la Bendita Pública no nos la quitara, Teodora le dijo: "no tengo nada que darle", desde entonces nunca la volví a ver, ni siquiera cuando se murió. Ella se dejó la finca que Placentino y yo habíamos comprado.

Los congos dejaron de cantar, solo el piar angustiado de un pollito acompañaba la desigual intensidad de la tarde. De pronto surgió una brisa pertinaz, seguida de un calor que agobiaba la mansedumbre con que el vaho rodeaba la estancia. Lento el piar vencido de polluelos y gallinas cacareando, acariciando la tarde como si quisieran fecundar un silencio alterado por la respiración de esa historia lejana, casi perdida entre gritos de niños y niñas; el mugido de una vaca y un peón contestando un guipipía en la montaña, mientras ese gorjeo arrullador vuelve a la memoria aunado al dulce de un requesón con tortilla.

Se narra un episodio de la niñez de Moncada y cómo llegaron él y Díaz a Costa Rica. Trata, además, cómo planearon matarlo y sin duda, la primera razón del asesinato.

Gustavo Moncada tenía unos ojos penetrantes, medía, escasamente, metro setenta, pero todos sus hijos y nietos le temían, especialmente sus hijas, a las que persiguió apenas asomaron los primeros atisbos de sus pezones. Las madres callaban, como era propio en las campesinas de esos tiempos, en toda América Latina y seguro más allá.

Gustavo había llegado de Nicaragua y nació cuando José Santos Zelaya López puso fin a tres décadas de dominio conservador en 1893. Tenía unos ojos penetrantes y sus hermanos y hermanas ya desde pequeño le temían por su carácter desprovisto de compasión. Su padre fue un conservador recalcitrante, pese a pertenecer a ese campesino iletrado y carente de los beneficios de que gozaban los grandes comerciantes, terratenientes, ganaderos y dueños de plantaciones de cacao. Pertenecía a ese sector humilde del pueblo que le costó sentirse nicaragüense antes de considerarse de Masaya. Jamás reconoció este hombre a ninguno de sus hijos y tampoco se preocupó de si tenían qué comer o no.

Entró Gustavo Moncada a Costa Rica en 1908, junto a su madre Rafaela Moncada Cisneros y dos de sus hermanos: Felino y Domingo. Venían huyendo de la miseria y el acoso que sufría la madre por parte de Bernabé Cortés o Bernabé Solera, el padre de Gustavo, quien golpeaba a Rafaela cada vez que no la encontraba en la casa porque quizá andaba lavando ajeno, vendiendo algunas hortalizas que sembraba en un pequeño terreno que le habían prestado.

--¿Con quién te andabas viendo? --Le gritaba Bernabé-- y la golpeaba, delante de sus hijos, con lo que tuviera. Toda su infancia vio Gustavo a su madre arrodillarse y recibir coyundazos por la espalda y si el hombre llegaba ebrio, la golpiza podía ser a trompadas.

Cuando ya Gustavo estaba por cumplir catorce años, enfrentó a su padre y le dijo que, si tocaba a su madre, lo mataría como a un perro. Desde entonces empezó a mantener cerca un machete bien afilado y en una ocasión que llegó el Viejo ebrio, salió el muchacho con su machete.

Bernabé iba tan borracho que se le fue encima y Gustavo lo hirió en un brazo. Al ver que su padre no reculaba, le empezó a dar cinchazos hasta que cayó el hombre.

Ese mismo día tuvieron que salir de Nicaragua con lo que tenían puesto. Cruzaron por las montañas sin rumbo fijo, solo caminando hacia el sur. Cuando pasaron por Liberia, pensaron que todavía estaban en Nicaragua; así llegaron a Bagaces.

No fue sencillo para la mujer y sus cuatro hijos empezar la vida en un lugar desconocido. Aguantaron hambre, comieron bananos cocidos, que robaban en los patios de la vecindad, hasta que un mes después la mujer consiguió trabajo de cocinera en una finca y se llevó con ella a sus hijos, dos de los cuales también trabajaron en el campo.

Diez años más tarde llegó Bernabé, los encontró a puro olfato. Ya era un hombre inservible, estaba renco, pues en una borrachera había caído en un cangilón, quebrándose la pierna derecha, lo que le hizo perder la movilidad normal por el agarrotamiento de algunos tendones.

Seguía teniendo el carácter endemoniado que lo caracterizaba, pero ya sus hijos y su consorte no le hacían caso.

Por ese entonces, Gustavo estaba haciendo trochas en lo que poco tiempo después llegaría a ser Las Pulgas. Nombre muy a propósito porque cuando hizo su rancha, dormía con cuatro perros para que lo salvaran del tigre o el león y el pulguero dentro de la vivienda se convirtió en una calamidad, hasta que llegó Zoila Rosa dos años después a ahuyentar ese pulguero con hojas de madero.

Juana tenía diez años cuando arribó Carlos Alberto Díaz Bojorquez a la finca El Cajón, que el viejo Ubaldo le había vendido de Rigo Lacayo, después de que se marchó la bisabuela Cristina furibunda porque su esposo dejó que los militares se llevaran a dos de sus hijos.

No se sabe con certeza si Carlos Alberto era familiar de Adolfo Díaz, quien llegaría a ser presidente de Nicaragua en 1928, lo cierto es que Carlos Alberto salió de su patria cuando Sandino decidió unirse al ejército liberal en 1926.

Como era costumbre de muchos nicaragüenses y lo es hasta hoy, cruzó las fronteras por las montañas, pasando por el río San Juan y en la travesía, que le duró un año (no por las distancias, sino por los atrasos que le ocasionaron algunas mujeres) se encontró una vez con los insurgentes del general Moncada, que se habían alzado en armas desde mayo de ese mismo año. Le preguntaron que a cuál bando pertenecía, si a los liberales o a los conservadores, pero Díaz no supo qué responder. Así que lo llevaron al paredón para fusilarlo puesto que se dedujo que era familiar de Adolfo Díaz. Tuvo la suerte de que entre el pelotón estaba un joven de apellido Sacasa, sobrino del liberal Sacasa (quien debería ser el mandatario legítimo, según la Constitución) que además lo conocía pues el padre de Díaz Bojorquez había sido peón de su tío.

Tampoco se sabe si venía huyendo de esa revuelta que se iniciaba en Nicaragua a raíz de la guerra constitucionalista, como le ocurrió a Gustavo Moncada.

Juana nunca podría haberse imaginado que ese hombre, que había llegado de la misma patria que su padre, llegaría a matarlo.

Díaz Bojorquez se arrimó a El Cajón en piltrafas, tratando de disfrazar el libro de confusiones que atesoró en Nicaragua: la mujer que mató porque no se quiso ir con él, los tres hijos procreados antes y durante la travesía para el ofuscamiento de esas mujeres pobres hasta el enfurecimiento, su madre ahogada en el silencio que delataba el crimen de ese hijo errante.

Cuando le perdonaron la vida quiso enlistarse en el bando de los liberales, pero el mismo joven Sacasa le dijo una noche:

--Mejor te vas porque *pa'* varios de nosotros sos un traidor.

--*¿Usté creé* patroncito?

El mismo día 4 de mayo de 1927, que Moncada acepta firmar los acuerdos de paz con Henry Stimson, salió definitivamente, Díaz Bojorquez para Costa Rica.

Años más tarde, parece que Díaz había tenido una diferencia con Rigo y decidía marcharse de esa finca a buscar vida en otro lado.

Fue entonces, me contó el chino Marcial, cuando mi papá le dijo que le proponía un negocio antes de que se *juera*:

--¿Por qué no me matás a ese Viejo antes de que te vayás? Yo te voy a recompensar bien, le había dicho mi tata Rigo Lacayo a Carlos Roberto Díaz.

Sí, Rigo y Amado comían en el mismo plato, entonces planearon que lo iban a matar y lo iban a tirar a un guindo.

Amado le ofreció vender la finca El Zapote a Moncada. Parece que el Viejo tenía una plata y aceptó comprar la finca de Pacífica.

Él pensó que nunca se le iba a averiguar. El trato era que la plata se la *juera* a dejar allá a El zapote. El plan era matarlo y quitarle la plata y por supuesto no tenía que entregar la finca... por ahí andaba la cosa.

Claro que los hijos de Moncada se enteraron de que su tata iba a comprar una de las mejores fincas de la zona y precisamente a los Ordóñez.

Jue cuando llevaron a Cerefino de acompañante del nica Carlos Díaz. A Ceferino le *dijieron* que iban a *montiar* y como este tenía como oficio andar *apiando* loras, pericos, cazando tepezcuintes, saínos y cuanta vaina hubiera, le pareció normal que lo invitaran de cacería, aunque no tenía escopeta porque era muy pobre, por eso se la pidieron a Placentino.

Cuando llegaron al punto por donde habían planeado *matoniar* al Viejo, le dijo el Nica:

--Vamos a matar así y asá.

--*Noohombre*, yo no me meto en eeeso.

--Bueeeno, lo pego a *usté* entonces porque ahora *usté* va a ir a decir. Se queda conmigo, sino se muere.

--¡A la puuta, cabo, ahora sí me *jodiste*!

Mi tío Amado sí sabía y le había dicho a mi tata que le *dijieran* a Placentino que les prestara el *balaú*. Se lo pidieron para ir a *montiar* y Placentino se los dio. Supuestamente, Placentino sabía e incluso había estado *ispiando* al Viejo para ver cuándo bajaba o subía a Bagaces, pero eso nunca se comprobó.

Pues el Nica y Ceferino vieron dónde venía el Viejo.

Jericó era un camino solitario, por ahí no pasaba nadie. Era un risco montañoso y en la parte de abajo el camino era angosto.

Hacía un viento tenue que no confundía los cascos del caballo con ningún otro ruido. Empezaba a entrar el invierno, así que las chicharras habían enmudecido. Allá muy abajo, apenas si se escuchaba el murmullo del río que pasaba susurrando entre las piedras.

El caballo de Moncada resopló intuyendo algo extraño, sin embargo, el Viejo no sospechó nada en ese momento.

--Estos creen que voy a venir por estos breñales con doce mil pesos en las alforjas –pensó--. No saben que cuando ellos iban por la leche, yo ya traía las cuajadas.

--No hagás ruiiido, te callaaás Ceferinooo –le dijo— Carlos Alberto.

Y *jue* entonces que se hizo esa mierda y *carceliada* para mi tata, mi tío Amado, mi tío Placentino, Ceferino, todo mundo. Yo me acuerdo cuando andaban detrás de toda esa gente. Y ese *jue* el final de El Zapote, El Cajón, La Choluteca y poco tiempo después La Virgen.

Todos quedamos en la calle. Mi papá vendió El Cajón, ya al tiempo que salió de la cárcel. Esa finca la vendió en dieciocho mil colones. Eso era un platal. Mi tío Amado, al parecer, también vendió El Zapote, pero no se supo si recibió la plata o no.

Después de que la abuelita murió, Estebana y Placentino habían comprado El Valle, dicen que eran cuatrocientas manzanas, pero yo no sé de dónde sacaron dinero para comprarla. Dicen que se habían quedado en Bagaces durante un tiempo, quizás dos meses, después de los cuales regresaron a El Zapote, pero Amado les dijo: "¿Y ustedes qué vienen a hacer, aquí no tienen nada y los echó?"

--Chino, yo me pregunto: ¿Y cómo diablos compraron una finca? Estebana dice que solicitaron un préstamo al Banco la Unión, que ya había cambiado su nombre a Banco de Costa Rica desde el 17 de noviembre de 1890, cincuenta y ocho años atrás de ese supuesto préstamo. Lo que me lleva a pensar, que en algún momento la abuelita Pacífica les habló del Banco la Unión, pues cincuenta años más tarde algunos(as) campesinos(as) le seguían llamando así, aunque hubiera cambiado de nombre. Con esa información se quedó Estebana.

No es posible que hayan hecho ese préstamo por varias razones: primero, debió haber sido hecho más o menos entre 1949 o 1950, cinco años después de la Segunda Guerra Mundial. En aquel tiempo, los préstamos eran fundamentalmente créditos agrícolas y no para compra de tierras. Los interesados en un crédito tenían que dar las explicaciones de a dónde iba a parar el dinero (debían ser labores agrícolas) las condiciones de devolución y la garantía ofrecida al Banco. Cada individuo no recibiría más de doscientos cincuenta colones (₡250), insuficiente para comprar una finca, pero suficiente para empezar a producir. El dinero se tenía que devolver a más tardar un año.

Segundo, ni Placentino, que todavía era menor de edad ni Estebana que era una niña podían ser sujetos de crédito porque no tenían nada a su nombre, ningún respaldo financiero, habían perdido hacha calabaza y miel.

Tercero, la adquirieron supuestamente antes de que se desatara el mierdero por el asesinato de Gustavo. ¿Entonces, cómo se la compraron a Blas Pasos? Solo cabe considerar que pagaron una parte con la venta de algunos animales de Placentino y Estebana. Debieron haber sacado animales que eran de ellos, tuvieran o no sus fierros.

--Bueno --continuó el Chino-- lo que sé es que a nadie le quedó nada. Teodora vivía en El Cajón. La Polita Pasos también quedó pobre. Cuando a Amado se lo llevaron *pa'la* cárcel, ella anduvo *arquilando* y rodando con sus hijos. Nunca les vi plata. No creo yo que *haigan* tenido plata. Si *jueran* tenido, habrían comprado casa y casa tuvieron hasta después de que mi tío salió. También ellos habían quedado en la pobreza.

Juana había quedado con la finca Santa Elena, que pegaba con la Virgen, otra finca de los Moncada. Santa Elena se la había dado el viejo Moncada.

Dicen que Juana no quería a la mamá, seguro por celos con el Viejo. Seguro por eso solo *pa'onde* el Viejo caminaba.

Los hijos que tuvo con él le salieron negritos. Sonia es chaparrita, así era el Viejo, yo no sé por qué le tenían tanto miedo, si era una cascarita.

Juana estaba feliz con Moncada y se quedó a vivir en Las Pulgas, después él le dejó Santa Elena, que estaba en medio de La Virgen.

La magia hizo que no solo se quedara a vivir donde su padre, sino también con su padre. Hubo quienes especularon, incluso sus hijas lo pensaron años más tarde, que Juana lo hizo por interés, pues el Viejo tenía mucho más dinero, tierras y ganado que su madre. Su tía Zoila Rosa aún vivía cuando Juana se quedó, definitivamente, en la casa de Moncada, tres años después de su muerte quedó embarazada del Viejo, cinco años después de que nacieran los gemelos de Orfilia.

Zoila Rosa murió de una enfermedad propiciada por la brujería. Efraín llegó a asegurar que su padre la había matado para meter en la finca a la mocosa esa, por eso nunca le perdonó a Orfilia que fuera la mujer de su padre.

Estando una vez hasta los olotes en una cantina se dejó decir que Moncada le había metido un animal a su madre.

--Yo lo vi haciendo una oración diabólica y mencionó a mi madre, que en paz descanse --le dijo a Remigio Canales--. Yo no se la puedo jurar porque es mi viejo, pero que me lo quiero echar es cierto, sí me gustaría echarme a este *hideputa* viejo.

Y no es porque tuviera *necesidá* porque yo mismo le busqué hembras y nunca le dije a mi *mama*. Él podía coger las hembras que quisiera, no necesitaba hacerle un daño a mi vieja.

--Son cosas de borracho –pensó Remigio— y lo dejó embrocado en el mostrador de níspero de la cantina.

A Orfilia, la muchachita que se llevó para Las Pulgas apenas se murió Zoila Rosa, también le había dejado, pero como que no se la dejó con papeles.

Orfilia era una chiquilla de unos catorce años cuando se la llevó para la finca. Dicen que antes de que muriera Zoila Rosa, ya el Viejo la andaba adelantando, quizá un año atrás porque al poco tiempo de llevársela ya tenía gemelos y desde ese momento siguió pariendo güilas ininterrumpidamente. A veces se le morían en el parto o por alguna enfermedad o desgracia, como cuando murió quemada una niña en el patio por descuido.

De cómo Moncada y sus hijos se llevaron a las Contreras entre las patas.

Los padres de Orfilia habían llegado a Aguas Claras, provenientes de Tempate de Santa Cruz. Allá vendieron una casita y una yunta de bueyes para ir a buscar tierras, pues escucharon que el Gobierno permitía que los campesinos que quisieran tierras para trabajarlas, podían hacer trochas y tomarlas.

Llegaron a Aguas Claras con cuatro muchachas, dos muchachos, dos yeguas y unas cuantas piltrafas.

Habían viajado durante casi quince días. Donde les daba la noche, se quedaban a dormir y encendían un fongoncito y preparaban algún alimento.

Al pasar por Liberia quisieron tomar rumbo al norte, pero los cascajales los desalentaron y alguien les dijo que por Bagaces había buenas tierras y el Gobierno las estaba regalando a los que quisieran ponerse a producir.

Llegaron por esos lugares, pero no sabían con certeza dónde se podían instalar y empezar a abrir trocha en la montaña. Los campesinos de la zona no parecían interesados en darles información, hasta que pasaron por la finca de Leonidas Ordóñez, quien los orientó:

--No es aquí en lo limpio donde se pueden quedar, tienen que buscar la montaña y hacer trocha. Se pueden ir allá por Limonal donde hay unas tierras baldías.

Cruzaron fincas, pasaron cercos y llegaron al pie de una montaña que supusieron podían coger. Se instalaron por tres meses e hicieron un pequeño limpio, pero los llegó a sacar un tal Ernesto Gutiérrez, quien les dijo que esas tierras eran de él. Anduvieron vagando por aquí y por allá hasta que el mismo Ernesto Gutiérrez les mostró un lugar donde se podían quedar.

Por los días en que construyeron una rancha, el padre Jacinto Ramírez, quien nunca llevó a confirmar a sus hijas, andaba robando lo que podía para poder alimentarlas. Se metía en los maizales a robar elotes, en las fincas a cazar gallinas o chanchos descarriados, hasta que logró conseguir un trabajo de peón en una finca de los Quirós.

Habían transcurrido cuatro años cuando pasó el viejo Moncada por la rancha de Isabel Contreras Rodríguez. Él y toda su cofradía llegaron a esa casa y agarraron todo lo que se podía. Manuel Moncada se lio a dos de las hermanas de Orfilia: Benita y Deildalia. Con Benita procreó a Josué Esteban, a Ana Estér y a Ada y con Deidalia procreó a María Magdalena, a Milcida Mónica, a José Manuel y a Rosa Susana, todos de apellidos Moncada Contreras, porque sus madres salieron corriendo a inscribir a sus hijos e hijas para que no les pasara como a ellas y pudieran recibir algo de la herencia que a la postre les darían los Moncada.

También estaba Celsa, otra de las hermanas de Orfilia. A Celsa se la llevó Efraín, el hijo mayor de Gustavo Moncada y con ella procreó cuatro hijos(as), dos mujeres y dos varones.

--Ahí hay mujeres *pa'* todos --les había dicho Gustavo a sus hijos--.

El Viejo fue el primero, logró tomar a Orfilia Contreras Rodríguez y procreó una catizumba de güilas, más de doce, de los cuales se murieron tres. Así había empezado el Viejo en la casa de los Ordóñez, primero con Pacífica, después con Zoila Rosa, pero los padres de estas chicas no eran pobres, por lo que no pudo seguir tomando más mujeres. Los viejos le dijeron a tiempo, o se queda con una o con ninguna.

Al final decidió quedarse con Zoila Rosa, que era más sumisa y no menos bonita que Pacífica.

Cuando murió el Viejo, Efraín quiso amancebarse con Orfilia pues todavía era joven, no pasaba de los veintisiete años. Él la estuvo instigando, pero ella no aceptó.

Después de salir del embarazo, Orfilia se retiró, obligada, a vivir en La Sierra porque en la casa de Las

Pulgas estaban todos los hijos de Zoila y era ahí donde más sufrían atropellos sus niños y niñas y ella el asedio de Efraín.

Los dos hijos mayores de Orfilia la ayudaban a ordeñar el poco ganado que le dejaron, no más de diez vacas, pero también tenía gallinas, chanchos y dos bestias; vivía pobremente, pero vivía bien. Iba a Las Pulgas a llevar frijoles, arroz, maíz y algunas veces bananos o plátanos, si estaba malo su chagüital.

Y de esta manera vivió Orfilia dos años en La Sierra, hasta que se hizo insostenible el asedio y rechazo y la sacó Efraín, miserablemente, con todo y los once hijos e hijas que le quedaron. Llevaba a Eliseo de dos años.

Al poco tiempo, Orfilia envió a su hijo mayor, José María, a pedirle leche a los Moncada.

Una semana después empezaron a llegar a Las Pulgas con un tarrito de avena, que era lo que le habían concedido por día.

María del Rosario y José María vieron, infinidad de veces, cuando Efraín, Dionisio o Manuel echaban medio tarro de leche y medio de agua, pese a que era una finca donde les daban la leche a los perros porque se ordeñaban en invierno hasta sesenta vacas y en varano no menos de treinta o cuarenta.

El día en que pasó el viejo Moncada por la casucha de Isabel Contreras Rodríguez, Orfilia estaba en el patio desgranando maíz. Tres gallinas se le acercaban cada cierto tiempo con la intención de robarse unos granos y la niña las espantaba con un varejón. Ahí la vio por primera vez el viejo Moncada y pensó, esto tiene que ser mío.

Una semana más tarde llegó en su caballo negro, con una pelota de queso, pues pudo constatar que eran gente muy pobre.

--Upeee ¿alguien vive?

--¿*Pa'* qué soy buena, -ñor…?

-- Gustavo Moncada, *pa'*servirle a *usté* y a sus hijas. Es que pasaba por aquí y vi una parvada de *chorria´as*, que descalzas como van, uno quisiera aliñarlas.

--Con bien pase *usté*…

Se bajó Gustavo del enorme caballo negro, que lo hacía ver grande. La ornamentación de su cabalgadura no dejaba dudas de que se trataba de uno de esos gamonales, que donde ponen el ojo, ponen la bala.

--Me gusta su hija *-ña*…

--Isabel Contreras Rodríguez, *pà'* servirle *asté* y a su familia, *-ñor* Moncada.

La mujer, joven aún, andaba descalza; el delantal sucio mostraba el ajetreo de la mañana, su hombre no se veía por ninguna parte y eso le dio más bríos a Moncada, quien le entregó la pelota de queso, que ya llevaba preparada.

--Esto es *pa'usté* y *pa'* sus hijas, que se ven muy buenas muchachas.

--*Pos*, ni lo diga, *-ñor* Moncada. Qué Dios lo ampare siempre.

No hubo demasiados remilgos. Moncada siguió visitando la choza de Isabel Contreras y un mes después ya le había llevado un vestido nuevo a la Orfilia.

Lo estrenó la muchacha en una fiesta de San Caralampio donde asistió, no se sabe con quién, se dice que con uno de sus hermanos. Moncada no se enteró de esa salida, pero le pidió que se lo pusiera cuando llegara de nuevo a verla.

Tres meses más tarde, se llevaba el viejo de 49 años por entonces, a la tierna chica, que no sabía ni le interesaba que Zoila Rosa, la esposa de Moncada acababa de morir.

Cuando llegó Orfilia a Las Pulgas, nadie la esperaba. El Viejo iba jalando la rienda de su caballo. Para entonces tenía cuatro semanas de embarazo y desde ese día no se detuvo la producción de niños y niñas hasta que mataron al Viejo.

Cuenta la inocente defensa que hace José Andrés de todo cuanto se ha dicho de su abuelo Moncada.

Mi mamá se llamaba Celsa Contreras, yo nací en la Sierra y ahí me crie con mi abuelo. Mi papá era Efraín, hijo de Gustavo Moncada Cisneros.

Mis hermanos, de parte de mi mamá, eran Valentín, Teodoro y Teresa y de parte de mi papá hay una que no recuerdo. Es de la segunda esposa de mi papá. Él la dejó porque era muy recalcitrante.

Ahora le digo, todo eso que han dicho de mi abuelo, me puso a pensar y un día le pregunté a una de mis tías menores, a Anita y ella me confesó:

--Miré, papá pudo haber hecho lo que le diera la gana, pero a nosotras nunca nos faltó al respeto de ninguna manera. Siempre hacen leña del palo caído.

Yo conocí a mi abuelo y era algo terrible de vivir con una persona como esa, pero como esas cosas no, él era un hombre bastante creyente en Dios, entonces en eso sí lo defiendo.

Jue un hombre muy bravo, altanero, prepotente. Imagínese que tuvo el atrevimiento de mandarme a chapiar con unos *piones* y le dijo a uno que, si yo no me apuraba, me podía pegar.

A mí me pegaron casi todos en la casa. Las únicas que no me pegaron *jueron* tía Rafaela y tía Ana, aparte de ellas, todos me jodieron.

Yo les he dicho a las hijas de Orfilia, que yo no agradezco la crianza que me dieron allí porque me jodieron mucho.

Dos veces me prensaron unos caballos, estando muy pequeño, entonces se me jodió la columna. Yo tengo una vértebra trepada sobre la otra. Eso me afectó muchísimo *pa'* trabajar, me dolía mucho, entonces ellos me decían que eran mañas y por eso me jodieron mucho.

Otra cosa que tenía yo es que me orinaba de noche en la cama, entonces decían que eran mañas, que aquí y que allá.

A veces no me pegaban por eso, pero me *impropiaban* con palabras, por eso yo sufrí mucho.

Mis tías se *jueron* muy jovencitas porque mi abuelo les hacía la vida imposible.

Él las castigaba *demasiao*. Diclarisa se *jue* primero, después se *jue* Rafaela, al tiempo se *jueron* dos juntas: Carmela y Ana. Ellas se *jueron* porque mi abuelo era un hombre tan intrigante y tan soberbio que era terrible.

Esas mujeres se *jueron* a pie por esos charrales del diablo donde había león y tigre en cantidad, por ese camino que iba a salir a Pijije y de ahí doblaron *pa'* Liberia.

Yo las entiendo, si es que ahí nadie podía vivir bien, aquello era un infierno con mi abuelo porque era un hombre intrigante.

Con todos era terrible mi abuelo, a mí me quitó a la *juerza* de mi mamá.

Juana nunca se *jue*, no sé por qué mi abuelo le tenía tanto cariño a esa mujer, que hasta le dio la finca Santa Elena. Esas fincas de mi abuelo, en realidad no eran de nadie, eran del Estado, él las cogió poco a poco. Así hacía la gente antes. Trabajaba una tierra y a veces vendía las mejoras.

Mi abuelo tuvo más de cinco mil hectáreas y a esa gente también le regaló la finca donde vivían. Se la regaló mi abuelo a Pacífica por la muchacha esa, por Juana. En aquel tiempo, esa finca le costó a mi abuelo seiscientos pesos. Esas eran por ahí de ochocientas hectáreas. Pero bueno, eso oí decir, yo no sé si será cierto.

Es que mi abuelo tuvo una relación primero con Pacífica y ella quedó embarazada. Después se *jue* con Zoila Rosa. Ubaldo y Cristina no estuvieron de acuerdo con que mi abuelo tuviera relaciones con las dos hijas.

Estando con Zoila tuvo otra mujer que se llamaba Dorila Hernández, ella era de Bagaces. Con ella tuvo a Alberto Hernández Cerdas. Ese muchacho tuvo un problema con un hombre en Aguas Claras y se *machetieron*.

Alberto lo mató en legítima y completa defensa. Aquí hizo José Andrés hincapié fonética en la expresión: “en legítima y completa defensa.”

Digo esto porque *jue* el otro el que lo atacó y le pegó dos filazos, uno en la mano izquierda y el otro en el brazo. Cuando él le metió la mano, se la partió por la mitad entre medio de los dedos.

Él le metía la mano *pa'* quitarse los machetazos que iban a la cabeza.

Hay una cosa que quería decirle, ahora que hablamos de mi abuelo. En su juventud *jue* terrible, montaba toros, él iba a las fiestas de Bagaces y Limonal. Ahí corrían cintas y montaban toros, pero nunca le gustó el baile ni el guaro tampoco. Dicen que era buen montador y le sobraban las mujeres cuando montaba.

Como él era un hombre tan imperativo, dicen que una vez le habían pegado *juego* allá abajo, seguro pa' sembrar unos frijoles y como se estaba pasando el *juego*, *jueron* todos a *rondiar pa'* que no se pasara.

Amado estaba *rondiando* también y resulta que se quedó por ahí *fresquiando* y lo vio mi abuelo y se puso bravísimo y lo amenazó que le iba a dar un garrotazo, dicen que Amado se la jugó y salió *juyendo*, no le pegó, pero Amado se la juró, desde entonces empezó a agarrarle inquina a mi abuelo.

Es que mi abuelo tenía un genio de los once mil diablos y un día por ahí le pegó unos tajonazos a Estebana. Dicen que le quería hacer algo, pero eso no es cierto. Y eso que dicen que los hijos de Juana eran de mi abuelo, tampoco es cierto. Sonia era hija de un hombre de Bagaces llamado Manuel Sandoval y Emiliano era hijo de un nicaragüense que se llamabaaa… No me acuerdo, que, por cierto, también tuvo hijos con María Felix, la última hija de Zoila y de mi abuelo.

Aaah, Ignacio Quirós se llamaba el nica que era el papá de Emiliano, por cierto, la hija de María Felix con ese nica, se llamaba Zoila Rosa también. Bueno, le arrimaban a Zoila Rosa, pero en realidad era hija de un carajo de San Jorge, que se llamaba Marcelo Rodríguez. Entonces lo de Juana no es cierto, ella volvió panzona de Alajuela. Tampoco es cierto que mis tías se *jueron* porque mi abuelo les faltó al respeto.

Vea, es que mi abuelo era recalcitrante. Una vez Dionisio y mi papá tuvieron problemas con mi abuelo y se tuvieron que ir *pa'* la zona bananera.

Vea, es que *usté* viera cuando volvieron esas mujeres, mi abuelo les dio una *peliaada* porque se habían ido, que esas mujeres se arrodillaron llorando y pidiéndole perdón.

A mí me dijo una vez mi abuelo ¿supiste que se *jue* tu tata? Sí, le digo yo. Lástima el apellido que lleva, me contestó, mejor se lo *juera* puesto a un perro. Y ahí empezó a perder la vista mi papá Efraín. Al final Dionisio era el que lo cuidaba.

Y *usté* me dice que por qué las hijas de Zoila no tienen los apellidos de mi abuelo, bueno porque no *jueron* hijas de matrimonio.

Mire, yo le voy a decir una cosa, es mentira que Orfilia tenía como catorce años cuando se la llevó mi abuelo, ella tenía como diecisiete, es que la gente habla mucha carajada. Ahí dicen cosas que no son ciertas, la gente es muy digna de hablar carajadas.

A él lo tenían por un hombre tremendamente malo, pero su defecto era el carácter tan jodido que tenía, pero si *usté* lo trataba, él por bien era una magnífica persona y cualquier necesidad que *usté* tuviera, él buscaba cómo solucionársela.

Era muy altanero porque es la verdad, Rafaela y Carmela se *jueron* de la casa, pero no *jue* porque mi abuelo les quisiera hacer algo, irrespetarlas, como dicen. Lo que pasó *jue* que una vez él le iba a pegar a Carmela y le dijo:

--Cuando me muera o me maten vos vas a ir al infierno a decirle al Diablo que me queme con leña de níspero.

Pero no sé por qué se *jueron* ellas, mi abuelo también tenía un gran corazón. Fíjese *usté*: todos los años en verano siempre mataba las mejores vacas y nunca en la casa de Amado Ordóñez faltó la carne, siempre mandaba su ración y no era poquito, era semejante poco de carne que se mandaba. Y esto que nosotros éramos pobres.

Cuando mi abuelo necesitaba dinero, vendía una vaca. Eduardo Canales, padrino de José María, le compraba vacas *pa'* destazarlas porque era carnicero.

También dicen que mi abuelo mató gente, pero que nosotros sepamos, no, nunca mató a nadie. Dicen que una vez llegó un hombre a buscarlo a Bagaces. Él estaba en la casa de su mamá.

Se *jueron* a discutir allá detrás de la casa por donde pasaba el río de Bagaces y se *dijieron* palabras muy groseras, muy serias y el hombre le reclamó la muerte de aquel tal Hermenegildo Viales, que dicen que había enterrado al pie de un guayacán, después de pegarle un tiro.

Al rato de discutir, el hermano de Hermenegildo le dijo:

--No, un hombre como *usté* no va a matar a mi hermano. Yo me había dicho a mí mismo: esto no se queda así. Pero ahora que lo conozco sé que *usté* no lo mató.

Todo se quedó así, *callao* y el reclamador se *jue* sin decir una palabra más, pero no ocurrió lo mismo cuando llegó un hombre allá a la finca y mojó a mi abuela Zoila.

Sucede que mi abuela estaba lavando ropa, sola en el río y el hombre le tiró el caballo y la mojó toda.

Mi abuelo no estaba en la casa y ella se puso a llorar y cuando él llegó, la encontró llorando y le dijo ¿qué diablos te pasa? Mi abuela seguía gimiendo, pero no contestaba, entonces el abuelo se puso altanero y le gritó, dígame qué le pasó y la ella *gimotiando*: "ah, que vino fulano de tal, que no sé qué y no sé cuánto". Ese fulano era Manzanares.

--Dejámelo estar --mascullló mi abuelo--.

Pa' un cinco de junio, se *jue* toda esa gente en carreta y a caballo a Bagaces *pa'* las fiestas de San Caralampio. Allá *jueron* a parar otra vez a la casa de mi bisabuela paterna, Rafaela Moncada.

Por la mañana andaban todos en las corridas de toros y mi abuelo se quedó en la casa. De pronto llegó el carajo Manzanares a buscarlo *pa'* que le prestara una caja de fósforos y él le dijo: "no, yo no tengo fósforos", pero el hombre no llegó a eso, sino a reclamarle algo a mi abuelo.

Yo no sé qué problema tenían, dicen que era un asunto de una plata que mi abuelo no le había pagado porque las vacas que le vendió no daban la leche que el hombre le había dicho. El caso es que estuvieron discutiendo en el corredor de la casa y Rafaela Moncada se dio cuenta y le gritó a mi abuelo, venga a tomar café, deje de estar discutiendo carajadas que ya pasaron y Manzanares dijo:

--¿Qué tiene que meterse esta vieja en lo que no sabe?

¡ *Pa'* qué lo dijo!

--Jajaaa --le dice mi abuelo-- todo te lo aguanto, pero que me toqués a mi madre no.

Manzanares, que era un hombre recio, se le tiró encima *pa'* agarrarlo. Brincó mi abuelo *pa'dentro* y detrás de la puerta había un palo con el que se acuñaba por dentro la puerta. Era un garrote como de metro y medio de alto y pulgada y media de grueso. Manzanares lo siguió, pero en ese momento mi abuelo agarró el palo y le pegó un leñazo que se lo *apió* y en el suelo, le pegó varios garrotazos más. Dicen que el hombre quedó tendido en el corredor de la casa.

Llegó el Resguardo y se los llevó a los dos. Mi bisabuela salió cuando ya Manzanares estaba dundo en el suelo y ella dijo:

--Eeey Bernabé Soleera, caraajo. Era el padre de mi abuelo, que según dicen era un hombre tilinte. Creo que era Cortés Solera, un hombre zángano.

Mi bisabuela era una vieja morena, bastante negra, gordota, de carota chambona. Cuentan que llegaron de Nicaragua.

Pues dicen que todos esos hombres eran de pocas pulgas. Jerónimo el hermano de mi abuelo Gustavo, mató a un carajo y Felino mató a dos. No aguantaban nada, pero nunca *jueron* a la cárcel porque los mataron en legítima defensa. Dios guarde un hombre de esos, mi abuelo no discutía con nadie.

Cuando yo tenía catorce años, a mí me mandaban a bagaces a llevarle queso al chino Luis. Él me daba las compras y me devolvía nada más, yo no sé cómo se arreglaban después ellos.

En ese tiempo en 1952, el Gobierno que estaba era el de José Figueres, que, por cierto, mi abuelo lo detestaba.

Figueres mandó nuevos policías a varias partes. Hicieron un traslado de un carajo de San Ramón a Bagaces, un tal Antonio Núñez. El Sargento mandaba la policía, pero era un gran pésimo. Ese hombre me corrió en la calle, una vez que llegué yo al centro de Bagaces. Yo me escondí en la casa de una mujer y ella le dijo: "no hombre, cómo se le ocurre, este chiquito viene de *ajuera*, viene así y así, déjelo", entonces yo llegué a la casa y se lo dije a mi abuelo. Él vino y tuvo un encontronazo con el carajo y le dijo esto y lo otro...

Bueno, mi abuelo era un hombre que no se andaba por las ramas, al que le tenía que hablar, le hablaba y el sargento era Antonio Núñez, al que mataron los Guidos.

Los Guidos eran una familia de Aguas Claras, eran hombres recios. Ellos *jueron* los que mataron a Antonio Núñez. Sucede que un día estaban los Guidos con otros amigos en una jodedera por allá. Habían montado toros y no sé qué y llegó Anastasio Guido y metió el caballo en la acera de la cantina de Luis León y le dice al chinito: "dame un trago", el hombre que se empina el trago y el tal Antonio Núñez que se lo arranca de un cinchazo. En el suelo le pegó otros cintarazos. Lo tuvieron que llevar en cama de brazos al hombre porque no podía caminar de los cinchazos que le pegó. Dicen que lo hizo orinar sangre a Anastasio Guido y desde entonces se la juró.

Entonces *pa'* un cinco de junio, que era la fiesta de San Caralampio, llegó toda la gente de Aguas Claras y empezaron a gritar, a ofender y joder, diciendo que ahí no mandaban los ñatos, el carajo era ñato. ¡Aquí no mandan los ñatos, aquí manda el pueblo!

Salió un policía, esposo de una vieja que se llamaba Francisca González, era la vieja donde comía mi abuelo cuando iba a Bagaces o yo cuando bajaba de la finca. Yo pasaba ahí y ella me daba de comer, después se arreglaba con mi abuelo. Pues el esposo de esa señora se *jue* corriendo y le dijo al jefe de político (que era Maximiliano Avellaneda) que el pueblo se había alborotado y estaba ofendiendo.

El jefe político mandó a llamar a Antonio Núñez y le dijo, vaya calme esa gente que está jodiendo. Salieron juntos a ver la algarabía y el jefe político decidió que mejor no saliera el Sargento porque esa gente estaba muy brava. A ver si se calman, dijo.

Al otro día andaba Núñez hablando carajadas, que ese pueblo era un *malamansado*, que había una catizumba de comemierdas gritones, buenos *pa'* nada y que por aquí y que por allá. Mucha gente lo oyó hablar y le llegó a los Guidos.

Por la noche ya todo mundo se había ido a sus fincas y sus casas. Inés Guido se tuvo que quedar porque tenía una chiquita enferma. Su hermano Anastasio, cuando bajó de Aguas Claras, había pasado cortando un garrotito de cortés, como de un metro. Lo amarró a las coyundas del caballo, a la par de donde llevaba la cruceta y siguió su camino *pa'* las fiestas en Bagaces. *Jue* uno de los que anduvo gritando improperios contra el ñato Núñez.

Cuando llegó a la casa que tenían en Bagaces, le puso una coyundita al palo y lo guindó detrás de la puerta.

Por la noche, cuando ya se habían terminado las fiestas, estaban los Guidos en su casa, con varios amigos, tomándose unos tragos y hablando pendejadas. Estaban algunos carajos recostados al quicio de la puerta, otros sentados en la acera, cuando de pronto dice Evaudilio Morales:

--Miren, allá viene aquel hombre otra vez.

Era Antonio Núñez, que venía acompañado de Manuelón Álvarez.

Llegó el hombre, se paró al frente y les dice:

--A buscar la dormida muchachos, estas no son horas de estar haciendo bulla y volvió a ver la luna, en ese momento Anastasio, que ya tenía el garrote escondido, le deja ir semejante garrotazo, que le partió la cabeza. ¡Eran gritos, los que pegaba ese hombre! Se oían como a quinientos metros.

Cuando cayó Núñez, cargó Anastasio contra Manuelón Álvarez, entonces el Zorrón, que así le decían, sacó el revólver y empezó a tirar. Anastasio andaba una moneda grande de 25 céntimos y ahí pegó una bala que resbaló y le dio en la pierna. No le convenía morirse al hombre.

Se le *jue* encima Anastasio y de un garrotazo se lo apio. Ya iba herido y cayó al suelo, pero como pudo le quitó el revólver, se enderezó un poco y le pegó tres plomazos al sargento Núñez, dos en el pecho y uno en la frente. Después Inés se echó todo el chicharrón porque le encontraron un arma en el cuarto. Él había ido a buscar el arma cuando se armó el escándalo y al volver con la pistola ya su hermano estaba herido y el Sargento muerto. Vos tenés que curarte, cuidar a las mujeres y a los güilas, le dijo Inés a su hermano.

A Miguel, un hermano menor de esos Guidos lo mató el suegro. El muchacho era casado con una mujer, hija de un hombre llamado Manuel Fernández. Ese viejo era malo, él no quería al yerno porque esa muchacha le gustaba y el muchacho se la robó. Pues un día iba Miguel con su carreta llena de leña y en una cuesta, que se llamaba la Gloria, allá de Guayabal *pa'dentro*, por ahí se escondió el viejo y cuando venía Miguel Guido con sus bueyes, le salió y lo mató de un plomazo. Ese *jue* el mismo viejo que llegó a la finca de mi abuelo y cortó todas las naranjas de un palo, que hasta que estaba gachito de naranjas. Mi abuelo no estaba y tampoco mis tíos, solo las muchachas Carmela y Ana, que no se habían ido todavía de la finca y José María, el hijo mayor de Orfilia, que en ese entonces estaba chiquito. Pues el hombre, cortó todas las naranjas que quiso y se las llevó.

Las muchachas le *dijieron* a mi abuelo que el viejo Manuel Fernández había pasado por ahí y que había cortado todas las naranjas del palo, que estaba frente a la casa.

--Aguárdese y verá --dijo mi abuelo--.

Y esto que era carga pesada el viejo Manuel Fernández, decían que había matado como a tres cristianos y se había salvado de ir a la cárcel porque o no tenían pruebas o decía que los había matado en defensa propia.

Pues un día se lo encontró mi abuelo y le reclamó que no les había pedido permiso a las muchachas *pa'* llevarse las naranjas y que no sé qué y no sé cuánto y ahí el hombre se le escabulló y nunca pasó a más. Mi abuelo no lo volvió a buscar, así lo dejó.

Pero yo viví una que no se la deseo a nadie. El peor chicharrón que yo viví *jue* cuando mi papá me mandó a Aguas Claras a avisarle a mi tío Dionisio que habían matado a mi abuelo. Yo salí a eso de las once de la noche, tenía por entonces dieciséis años y en esos caminos había toda clase de bichos, por dicha estaba de verano, entonces no había barro y el caballo podía caminar más rápido. Imagínese que yo llegué de mañanita, como a las cinco de la mañana a Aguas Claras.

Y viera qué cosa más rara, cuando mataron a mi abuelo, un lunes a las dos de la tarde, del 26 de abril de 1954, en ese mismo momento en que lo mataron, había un montón de gallinas en la parte arriba del patio y se desgajó un gallo corriendo desde allá y se paró en la pura puerta de la cocina y pegó tres cantidos: qui, qui, riquiií y después se *jue*, caracá, cacá, caracá, cacá. El gallo es un animal que avisa.

Cuando mi abuelo iba a comprar la finca El Zapote, tenía plata porque había vendido otra tierra que tenía. El día que lo mataron no le robaron esa plata porque él era íntimo amigo del chino Luis León, entonces resulta que cuando venía *pa'rriba*, le dice el Chino:

--Gustavo, no llevés esa plata, dejala y aquí le pagás a *julano* de tal.

Ese *jue* el *miollo* de la cuestión porque ellos pensaban que mi abuelo llevaba la plata. ¿Sabe cuánto le robó el bandido ese día? Ciento cincuenta colones, pero si se *juera* llevado todo, *jueran* sido doce mil pesos, porque en eso habían *palabriao* la finca.

No le robaron ni un cinco a Moncada porque ese no era el meollo del asunto, era mucho más lo que le estaban cobrando los Ordóñez y Rigo: Rigo, que lo hubiera amenazado cuando pasó buscando a Conrado, que se hubiera dejado las noventa cabezas de ganado que juntos habían escondido allá arriba en La Isla, que lo amenazara porque se le pasaba el ganado. En el caso de Amado: que le hubiera dado un garrotazo allá en la ronda, que fuera el padre de Juana y Estebana, que le hubiera pegado a esta última, que lo amenazara de muerte y finalmente, que se hubiera llevado a Juana y tuviera hijos con ella.

Dicen que antes lo asustaban a uno, pero a mí nunca me asustaron, los que me asustaron *jueron* el tigre, el león o los coyotes, continuó Andrés.

Una vez me asustaron unos coyotes allá por Miravalles, un lugar por donde pasábamos nosotros.

Lo único feo que yo pasé *jue* cuando *jui* a buscar a Dionisio: en la cuesta de Guachipelín se me asustó el caballo y yo sentí un escalofrío muy feo. Yo iba con miedo porque acababan de matar a mi abuelo. A él lo encontraron el 28 de abril, dos días después de que lo mataron.

No lo estábamos buscando porque él a veces se iba dos o tres días *pa'* Bagaces a visitar a alguna mujer. Él se iba, tal vez el domingo y no llegaba sino hasta el martes.

En aquellos días yo andaba con José María y con Jenaro, hijo de Diclarisa.

Jenaro nació cuando terminó la Segunda Guerra Mundial. Él había nacido en Liberia porque su mamá se había ido *juyendo* de la violencia de mi abuelo. Jenaro y yo *juimos* los primeros nietos de mi abuelo.

Pues mire, mi papá Efraín gastó mucha plata *peliando pa'* que metieran a esa gente a la cárcel, pero dicen que Eloísa, la mujer de Rigoberto Lacayo era bruja. Esa vieja era mala, por eso no pudieron castigar a Rigoberto, él nunca estuvo en la cárcel. Después anduvo diciendo que él había tenido mucho ganado y muchas bestias y que, por una calumnia, lo había perdido todo.

Rigo tenía un hermano que se llamaba Víctor, trabajaba *bueyando* y tenía una finca en Aguas Claras, de Guayabal como a unos siete kilómetros *pa'rriba*. Ese viejo era zángano, quién sabe qué oración tenía *pa'* meterse con las mujeres casadas. Dicen que tuvo como noventa hijos. Mi abuelo en cambio, tuvo como veintidós hijos: con mi abuela Zoila tuvo ocho: Efraín, Carmelo, Diclarisa, Ana, Dionisio, Manuel, Rafaela y María Felix, la menor, creo que se le murieron dos. Con Orfilia tuvo más pérdidas, como tres. Con ella *jueron* doce hijos. Después tuvo un hijo en Bagaces, se llamaba Alberto Cerdas y anduvo con otra vieja en Cañas que se llamaba Jacinta.

Donde se cuentan detalles sobre el asesinato de Moncada y su error en el testamento.

Aparentemente, eran las tres de la tarde cuando se enteraron que habían matado al Viejo, me contó Pánfilo Chévez. Un hombre hirsuto, que se quiso esconder de mí cuando viajé a la casa de Las Pulgas.

Confieso que al principio me dio miedo porque el camino de Jericó todavía hoy sigue siendo una senda solitaria. Llevaba un revólver calibre 38 al cinto, más para sentirme acompañado, que para disparar contra alguien.

Dicen que de vez en cuando ahí entraba la policía porque habían caído, por algunas de esas fincas semiabandonadas, avionetas con drogas, entonces es verdad que te podías encontrar con algún facineroso que no quisiera testigos.

El caso es que Pánfilo se escondió y no tuvo oportunidad de hacerlo bien porque lo delató su bestia, que relinchó al percibir mi caballo. Entonces el hombre salió de la breña argumentando que andaba en busca de una vaca que se le había perdido. Yo no quise hacer muchas preguntas al respecto porque estaba seguro de que el hombre había tratado de ocultarse.

Nos fuimos arrimando a una sombra mientras iniciábamos las preguntas de rigor: que para dónde se la lleva, que este camino es peligroso para una persona que desconoce y finalmente: "mire que coincidencia, yo conozco la historia de ese señor que mataron por aquí cerca, hace ya muchos años".

Continuamos el camino durante tres horas juntos, yo no supe al final, si él llevaba el mismo rumbo o solo quería contarme todo lo que sabía del asesinato de Moncada.

Es una leyenda que me contaba mi abuelo y ahí continuó Pánfilo: dicen que ya tenía más de dos días de muerto el hombre cuando lo encontraron. Pasó un cristiano allá arriba, por este mismo camino de Jericó y lo encontró en un cangilón.

Contaba mi abuelo que por aquí pasaba alguien si acaso cada tres días, no es que *juera* un camino muy transitado. Tal vez traqueteaban dos o tres carretas con queso una vez cada quince días o con más frecuencia *pa'* la cosecha de frijoles, arroz o maíz.

Jue Jerónimo Contreras el que sintió el tufo cuando iba subiendo La Cuesta del Cariblanco. Detuvo el caballo y empezó a ver que unos zopilotes merodeaban el lugar.

Aquí hay una vaca muerta, pensó o a alguien se le *jueron* los bueyes al guindo.

Eso me recordó la vez que se le fueron a Placentino, lo que confirma que esa cuesta era un poco difícil y los boyeros debían tener mucho cuidado al pasarla.

Empezó a ver temeroso *pa'* todos lados --continuó Pánfilo-- porque era sabido que en esa cuesta asustaban. Eran muchas las historias de los hombres que habían quedado dundos por haber visto *pa'* atrás.

A mí no me agarra este espíritu, pensó Jerónimo Contreras y espoleó el caballo *pa'* seguir su camino, pero en ese momento escuchó el relincho de otro animal al lado izquierdo del camino. Entonces se devolvió sobre sus pasos y siguió el ruido del relincho, al que contestaba su bestia (como cuando nosotros nos encontramos *acuantá*, igualito) hasta que llegó donde estaba amarrado el hermoso caballo negro de Gustavo Moncada. ¡La sangre de Cristo! ¡Señor del Triunfo, vos que pernoctás en el Templo de la gracia! ¡Ampárame gran Señor! Dijo el hombre.

Su caballo encabritado le hizo sentir horribles escalofríos, pero se bajó *pa'* soltar la bestia de Moncada. La amarró al jinetillo y se *jue* tan pronto como pudieron sus pies temblorosos montar.

Decía mi abuelo que todos conocían el caballo de Moncada y los hermosos aperos que usaba *pa'* ir a Bagaces o a algunas fiestas.

Hora y media después estaba en La Casa de las Pulgas. Había varios niños y niñas en el patio correteando patos que volaban hasta el río. José Andrés corrió a avisar a su padre del recién llegado.

--*Traén* el caballo del *agüelo* --le dijo a Efraín--.

--No me jodás --le contestó su padre-- mientras salía de los corrales que estaban al lado izquierdo de la casa.

--¿Y cómo sabe usted todos esos nombres? – Le pregunté a Pánfilo--.

--Yo conozco a José Andrés, mi abuelo, que en paz descanse, había sido *pion* del viejo Moncada, por eso sé lo que le digo. Todas estas tierras yo me las conozco como la palma de mi mano, yo me crie por aquí.

Pues entonces, le preguntó Efraín ¿dónde lo encontraste? sin darle las gracias a Jerónimo Contreras ni oportunidad de explicaciones.

Veinte minutos después salió Efraín y Manuel *pa'* La Cuesta del Cariblanco y ahí encontraron a su padre en estado de descomposición. El rostro lo tenía completamente *desfigurao*, pero se podía percibir que en la parte baja del ojo izquierdo le habían *pegao* el tiro. Tuvieron que alumbrarlo con una carbura que llevaban porque ya estaba *escureciendo*.

Los animales del bosque iniciaban su concierto nocturno y nada se podía hacer con el muerto.

Este Viejo pendejo se lo tiene *ganao*, pensó Efraín, porque ha sido un *hideputa* con todo el mundo, la *verdá* es que falta no hace, sí, nosotros podemos llevar mejor toda esta hacienda. Yo mismo estaba pensando matarlo en algún momento, pero no era fácil encontrar una oportunidad. En ese momento volvió a ver que Manuel se fue a vomitar.

Eso pensaba Efraín, amigo, aunque *usté* no lo crea.

--Dejemos aquí el cuerpo, vamos a dar aviso al Resguardo --dijo Efraín a Manuel--. ¡Y no seás maricón, los hombres no lloran o querés que te pegue unos vergazos por pendejo!

Y así se iba diluyendo la historia de Pánfilo, a veces se contradecía, a veces se perdía. Yo sé que esa vez Efraín y Manuel montaron sus caballos y se devolvieron a la casa. Eran las ocho de la noche cuando llegaron.

Orfilia rompió en llanto. En su cuerpo llevaba el último vástago del viejo Moncada. Anita, que hacía una semana había llegado de la Zona Sur, también empezó a llorar.

A Juana la habían ido a llamar, pues estaba muy cerca de Las Pulgas. Los hombres se quedaron en el corredor, pensativos.

--Tenemos que dar aviso a la familia --le dijo Efraín a Manuel--. Andate vos por el camino de Jericó *pa'* Liberia.

--No me jodás, Efraín, por qué no te vas vos.

--Hombree, no me digás que estás con miedos a esta hora.

--No es miedo, Efraín, vos sabés que en todo ese camino hay tigre y león, no es el primer hombre que le ha caído encima.

--Llevate un bocón y te vas Manuel.

--Andate vos Efraín.

Se quedaron en el corredor, ahí les llevó Orfilia, tortillas, pinto, un trozo de cerdo y café. Yo no quiero dijo Manuel, pero Efraín empezó a comer con fruición.

Ahora sí, pensaba Efraín mientras comía, podemos vender este *ganadambre* y hacer plata.

--¿Vos sabés quién lo mató verdad? --Le preguntó Manuel a Efraín--.

--Creo saber quién lo mató y si *jue* él, se va a arrepentir de haber *nacío*.

A lo lejos se oían aullar unos coyotes, los niños y niñas se habían ido a acostar desde las seis, los más grandes entendían lo que había pasado, pero ninguno lloraba.

Se habían quedado, como era costumbre, Sonia, Emilio y Teresa, el hijo e hijas de Juana. Alguno preguntaba en la oscuridad si era verdad que habían matado al abuelo y solo el silencio quedaba por respuesta.

Esa vez que *jui* a buscar a Dionisio, me contaba José Andrés, hacía días que se había perdido (andaba en celos con una mujer y dicen que también en una borrachera porque había fiestas) lo encontré y de regreso pasamos por Bagaces *pa'* dar el parte de la muerte de mi abuelo. Regresamos con el Resguardo y *juimos* a buscar el lugar donde estaba muerto mi abuelo. Al caballo lo habían dejado amarrado allá en un guindo, el mismo en el que tiraron el cuerpo.

Mi abuelo tenía la costumbre de llevarnos golosinas, pan, unas empanadas muy ricas a todos los güilas. Esa vez también llevaba unas cervezas negras *pa'* Orfilia porque estaba embarazada de Eliseo, el último de sus hijos. Todo eso que llevaba mi abuelo se lo hartaron esos delincuentes. Solo encontraron el cotín, así se le llamaba a una tela barata *pa'* hacerle vestidos a las muchachas. Orfilia cosía en una máquina que le había comprado mi abuelo.

Cuando lo tiraron al guindo, mi abuelo cayó boca bajo. El matador no se puede ir muy lejos si se queda así.

Al caer del caballo también cayó boca bajo. Entonces esos hombres bajaron al guindo y le dieron vuela.

Figúrese que el bocón con el que mataron a mi abuelo, lo encontraron en La Chuluteca. Era de esos que había que cargarlos por la boca y apelmazarlo con una varilla. También hallaron el cotín y un rollo de candelas que había comprado donde el chino Luis León.

El rifle era de Amado. En ese tiempo Amado vivía en La Chuluteca con la Polita Pasos.

¿Sabe cuánto le pagaron al nica *pa'* matar a mi abuelo? Cuatrocientos pesos le dieron. Con esa plata se podía comprar una finquita, un pedacito.

En ese tiempo, Díaz Borjorquez se había ido a vivir a una rancha vieja que estaba en El Zapote. Era de las ranchas que hacían los nica que vivían en la finca de Pacífica. Tenían el techo de palmeras de monte y forradas con palos rollizos, que enterraban alrededor. No le ponían puerta ni ventanas, quedaba la entrada abierta y ahí dormían esos nicas con sus mujeres y sus hijos.

Normalmente, hacían un fogón con tres piedras *ajuera* de la choza. Algunas mejor hechas tenían un pequeño corredor donde ponían el fogón *pa'* cocinar bajo techo y forraban uno o los dos lados del corredor, pero siempre tenían el piso de tierra. Pues en una de esas estaba el nica.

Hacía como tres años que había muerto Pacífica y la finca estaba abandonada, seguro por eso la querían vender.

Esa rancha estaba llena de cuitas porque el *ganao* llegaba ahí a sestear. Pues en esa rancha encontraron otros pedazos de tela de cotín.

En la piedra donde estuvieron esperando a mi abuelo, hallaron cáscaras de huevo y pedazos de tela con los que limpiaron los rifles, también cajetillas de cigarros Ticos. Todo lo juntaron los del Resguardo y empezaron su investigación.

Había llegado un hombre de apellido Madrigal que tuvo retenidos dos días a mi papá Efraín y a Dionisio por sospechas porque cuando los interrogaron, uno de ellos dijo algo en contra de mi abuelo y se volvieron sospechosos.

Estando detenidos, Madrigal les llevó una cajetilla de cigarrillos Ticos, de esos que no tenían ni filtro y les ofreció, pero ellos lo rechazaron porque no fumaban, entonces comprobó el hombre que ellos no eran los que habían dejado esas cajetillas en la piedra, desde donde le dispararon a mi abuelo.

Después, llegó un *abogao* de nombre Alfonso y los tiró, inmediatamente, *ajuera*. Mis tíos empezaron a vender *ganao pa'* defenderse de lo que estaba pasando.

No es cierto que lo pegaron en el ojo, lo pegaron con un bocón abajo del ojo izquierdo. La bala le salió atrás en la cabeza, se le hizo un gran *güeco*.

Hacía mucho tiempo que mi abuelo tenía un problema con Rigoberto Lacayo porque una vez se había perdido un *ganao*, como noventa reses. No sé de quién era esas vacas, pero nosotros lo encontramos una vez que andábamos buscando una ternera que se nos había perdido. Ese *ganao* estaba en un lugar que llamaban La Isla. Al final no supimos si esas tierras eran de mi abuelo o de Lacayo. Nosotros le *juimos* a decir a mi abuelo y él dijo:

--Se callan, no digan nada.

Yo no sé si es que Lacayo o mi abuelo estaban alquilando pasto a alguien o lo tenían ahí por otras razones, lo cierto es que tenía el fierro *borrao*. Se lo habían *borrao* con una plancha caliente.

--No hablen --dijo mi abuelo--.

El Resguardo de Liberia llegó tres veces a buscar ese *ganao*. Y es que había mucho en esas fincas. Lacayo y los Ordóñez tenían muchas reses y mi abuelo también.

A veces esos animales se revolvían, pero los reconocían por el fierro. Por eso siempre había que andar arreglando cercos porque las vacas se pasaban de una finca a otra.

Dicen que Rigoberto Lacayo entraba a la finca de los Wilson, robaba terneros y los criaba en su finca. Como los Wilson tenían tantísimo *ganao*, no se daban ni cuenta.

Una vez que llegó el Resguardo, mi abuelo me mandó *pa'* que les enseñara dónde sesteaba el *ganao*, dónde se aguaba, cuando regresé me preguntó:

--¿Y dónde anduviste?

En los sesteos desde Santa Elena hasta La Sierra.

¿Y qué hallaron?

Pues nada --dije yo--. Ya estaba advertido de que me tenía que callar.

--No, aquí no están esos animales, les dijo mi abuelo a los del Resguardo, pero si ustedes tienen dudas, yo los puedo mandar a otras partes, *pa'* que sepan que aquí no hay nada de eso.

Y ahí quedó la cosa, yo no supe qué problema hubo con Rigoberto Lacayo y ese *ganao* porque desde ahí empezaron a decirse improperios, pero mi abuelo no le rebajaba a nadie y Lacayo como que se quedó quedito, pero por debajo algo andaba *planiando* y al final lo logró.

Mi abuelo era un hombre muy incómodo, una vez se metió un barraco a la finca, cerca de la casa y estaba una chiquilla, hija de Orfilia, dando del cuerpo en un matorral. Era María de los Ángeles, la gemela de José María. Este le llevaba unos olotes *pa'* que se limpiara y en eso llegó el chancho y se la levantó por detrás. Por dicha porque si no cae en el pegoste de mierda.

Entonces mi abuelo le echó los perros al chancho. El barraco corrió río abajo y él lo siguió y allá, antes de que el animal cruzara el río *pa'* la finca de los Ordóñez, le pegó dos tiros.

Todas esas carajadas *jueron* un problema. Ese chancho era de esa gente. Por ahí iba la cosa, pero también hacía negocios con ellos.

Una vez le compró un toro de raza a Amado. Era un toro bayo muy bravo y bueno *pa'peliar*. En su juventud, no hubo toro que le pegara. Una vez se metió a la finca de Amado, como lo habían llevado de ahí, él se devolvió y les pegó a los toros que estaban allí, entonces vino Alicia y le dio unos filazos al toro en la cabeza. Claro, cogió gusanos y en la casa se dieron cuenta que eran filazos porque el pelo lo tenía cortado. Y bueno, ahí lo curamos. Dicen que *jue* la China.

Yo supe que ese toro se lo había comprado Pacífica a los Baltodano. Era Barcino, no bayo y tenía la bravura de un toro de lidia, pero el cruce con brahman lo hacía muy corpulento. Se había desgaritado cuando lo traían desde Liberia en un arreo, que se hacía desde las haciendas y latifundios. Cuando pasaron por Bagaces al tal barcino, lo traían amarrado como un cimarrón, pues desde el Camino de Arreo en Liberia iba presentando dificultades con los otros animales. Pacífica lo compró en un precio ridículo porque le estaba ocasionando mucho problema a los sabaneros. Amado y dos de los peones lo subieron amarrado hasta El Zapote.

Ese año Pacífica había sacado veinte novillos y le pareció que ese toro le serviría para matar tigres. Después de un año y tres toros destazados porque el barcino los había matado, se lo vendió a Moncada.

Amado había *socateado* un caballo que usaba solo para las fiestas, pero en esa ocasión en que sacaron los novillos, quiso presentarse *chalán*, como un ganadero importante y no como un sabanero con caites. Había encebado la albarda y asoleado los aperos y su pellón multicolor de cuero con crin de cola de caballo en sus alas. Llevaba además jáquima, pechera y grupera, adornadas todas con rosetas y borlas de crin.

En Bagaces, Amado se encontró con Gustavo Moncada, que siempre montaba un caballo negro y sintió que estaba a la altura del hombre que había querido pegarle allá en la ronda. La altanería con que lo saludó, hizo pensar al Viejo que ya ese muchacho era un hombre y había que temerle.

Moncada también quiso comprar el barcino, pero Pacífica ya se le había adelantado. Igual lo tendré, pensó Gustavo Moncada, quien no estaba acostumbrado a perder y también lo quería para matar tigres.

Así que un día le ofreció un despropósito a Amado por el toro. Pacífica dijo que no y siguió insistiendo, hasta que los Ordóñez habían perdido tres toros, le dijeron que aceptaban la oferta.

--Mi abuelo también mataba tigres --continúo José Andrés--. Mató como veinte tigres. Los Wilson le pagaban cincuenta pesos por cada uno. En aquel tiempo era un platal. Con eso compraba zapatos, ropa y todo eso. Los Wilson le pagaban porque eran los que más sufrían con los tigres.

Mi abuelo llegó a tener mucho *ganao*, pero con el tiempo empezó a bajar porque algo le echaron en la finca y el *ganao* empezó a joderse de los jarretes. Una vaca se acostaba y no se podía enderezar. A los caballos se les hacían unas pelotas en la cruz y nosotros creemos que *jue* el nica que le echó brujería a la finca. Esa finca la dejaron enferma, tanto que hasta hoy ahí casi ni llueve.

Al nica lo mandaban, la cosa era eliminarnos a como diera lugar.

Se cuentan muchas cosas de mi abuelo, pero a mí no me consta.

Dicen que mi papá se quiso meter con Orfilia, la mujer de mi abuelo, después de que lo mataron, pero eso también es mentira. Lo que pasa es que mi abuelo cometió un gran error. Yo ya estaba grande cuando él murió, yo tenía dieciséis años, entonces me daba cuenta de todo.

El error de mi abuelo *jue* que dejó un testamento en el que decía: "cuando muera, todo lo que hay es *pa'* ustedes y Orfilia, pero si ella se mete con un hombre, que la echen de la casa". Eso estaba en el papel. Yo no lo leí porque era analfabeta, a uno no lo ponían a estudiar, pero me *dijieron* que eso decía el papel.

Después de que murió mi abuelo, todo eso les quedó a ellos, pero por problemas que tenían con Orfilia lo desbarataron todo.

Orfilia cometió el error de meterse con un viejo llamado Carlos Esquivel y eso hizo que lo perdiera todo. Ahí hay mucha tela que cortar porque ella tuvo la culpa de que la echaran, ya estaba advertida. Ese viejo Esquivel ya se había casado o juntado tres veces.

Después de que se metió con ese viejo, mi papá y mi tío Dionisio cometieron la torpeza de echarla. Hacía como dos años que había muerto mi abuelo.

Las hijas de Orfilia no aceptan eso, pero es la verdad. Como mi papá era también un hombre recalcitrante, se *jue* con mi tío Dionisio a echar a Orfilia de allá. Ya no estaban en la casona de mi abuelo, pero sí en la finca.

Donde se cuenta la triste historia del chino Marcial y de por qué se convirtió en un hombre desdichado

Dicen que cuando la China regresó a El Zapote, luego de haberse ido para Las Ventanas, donde nació Marcial, empezó a llegar un hombre de apellido Ruiz, quien quiso recoger a Alicia cuando Teodora la echó de la finca El Cajón porque había quedado embarazada de Rigo Lacayo.

Parece que el tipo llegaba todas las noches a serenatear a la China y Pacífica no le decía nada porque se la quería llevar y según ella era un buen hombre, pero al final la dejó embarazada y no se la llevó. Así nació Mirian, quien se quedó de meses con la abuelita Pacífica porque un día cualquiera a Alicia se le metió el diablo y se fue para Quebrada Grande, donde conoció a Ceferino.

La China iba devastada porque el negro Ruiz la despreció después de un ataque epiléptico en una sesión romántica en el corredor de la casona. Ahí se perdieron todos los cabildeos y en su desolación ya no soportó que la rechazara.

Gritaba la China por aquel energúmeno que le había abierto lujurioso toda esperanza. Recordaba y maldecía la forma en que había procreado a su primer hijo y esperaba que esta niña sería producto del amor eterno que la haría olvidar la barbarie a la que había sido sometida en su indefensa pubertad.

Se apoderó de ella un horror incendiario y se marchó al otro lado del mundo, donde nadie la conociera, donde pudiera comenzar la vida sin hijos, sin la presencia de esa muerte que la atosigaba.

Así *jue* como nos quedamos con la abuelita Pacífica, –me contó el chino Marcial-- pero no sufrimos porque ella nos quería mucho, siempre nos hacía cajeta de leche. Estebana y Amable se aprovechaban también. Ellas ya estaban más grandes. Estebana tenía como diez años y Amable como ocho o nueve.

Amable era hija del Gato Porras. Un amor que tuvo Teodora antes de irse con Rigo Lacayo, por eso Amable se quedó con la abuelita también. Entonces siempre estaban Estebana, Amable, Placentino y nosotros dos en esa época, ya Amado se había ido *pa'* su finca con la Polita Pasos. Todos cuidábamos a Mirian, que estaba muy chiquita.

Allá en Quebrada Grande mi *mama* conoció a Ceferino. El hombre cazaba loras, tucanes y monos. Solo cochinadas mataba *pa'* darnos de comer a nosotros. De vez en cuando trabajaba en una finca, era muy pobre, pero más que nada por vagancia porque no buscaba cómo hacer algo. A veces le trabajaba a su hermana, Clarita, la esposa de Bartolo, pero él era un vago, cazaba animales en el monte *pa'* venderlos, por eso le resultó fácil a Amado y Rigo decirle que, si quería ir a *montiar* con el Nica, ellos ponían el *balaú* y los tiros y lo que cogieran era *pa'* los cuatro.

Al morir la abuelita, mi *mama* tuvo que hacerse cargo de Mirian y de mí porque ya no había quien nos cuidara, todos se empezaron a desperdigar. Así que llegó a El Zapote y nos llevó *pa'* Quebrada Grande y ahí empezó el martirio *pa'* nosotros.

En ese entonces yo tenía como seis años y no *jue* mucho tiempo lo que nos soportó. Ceferino nos daba palo a los dos, pero más a mi hermanita porque lloraba mucho. Le pegó tantas veces que ella se terminó muriendo y *¿usté* cree que eso le importó a mi *mama*? Yo todavía lloro cuando me lo pregunto.

Pues resulta que yo me enfermé de anemia y como mi *mama* y Ceferino vieron que Mirian se había muerto, me montaron en un caballo viejo y allá me *jueron* a dejar donde mi tía Teodora, que todavía estaba en la finca de la abuelita.

En el camino Ceferino me dijo:

--No diga que yo mataba loras *pa'* darle de comer a *usté.*

Que matara animalejos *pa'* que comiéramos no podía ser tan grave, como haber matado a mi hermanita. Yo no podía decir ni una cosa ni otra, era un niño con miedo de vivir, tratando de sobrellevar el verdadero dolor, este dolor que llevo dentro desde siempre. Le digo, que mi hermanita murió de maltrato. Ceferino la maltrataba *demasiao*. Eran unos verdugones los que le dejaba porque la chiquita lloraba. Yo digo que la mató. Él le daba como darle a un animal. Ni yo le doy a un animal así. Y sabe que le decía a mi *mama*:

--Mirá, me la encontré comiendo tierra.

A mí me lo hizo también y yo ya estaba más grande y sé perfectamente que no comía tierra. Dicen que Mirian sí comía tierra, pero ella era enferma de tanto sufrimiento.

No estaba equivocado Marcial, su hermanita comía tierra quizá por falta de hierro o calcio, pero fundamentalmente porque tenía carencias afectivas. Su madre la había dejado abandonada pocos meses después de nacer.

--Mirian decía que mi *mama* no era su *mama*, su *mama* era la Tita –me narraba el Chino-- con los ojos humedecidos.

Ella sufría porque se le había muerto la Tita, entonces no hablaba, siempre andaba sola, callada y estaba brava con mi *mama*. Solo hablaba conmigo.

Después de su muerte, Ceferino me *jue* a botar donde mi tía porque ya no me querían allí. Ellos ya tenían sus dos hijas: Guillermina y Brunilda, yo estaba sobrando.

Con el trote del caballo se me empezaron a chimar las nalgas y el hombre no quiso que paráramos nunca. Eran como catorce horas de viaje y no podía llorar porque Ceferino me amenazaba con una tajona con la que le daba al caballo.

Después de varias amenazas me dio por la espalda porque terminé llorando por Pijije. Me dio dos cuerazos tan fuertes que me *jui* contra la crin del caballo.

–Agárrese pendejo –me dijo— porque si se cae, lo levanto a *tajonazos*. Y se calla, que los hombres no *mariquean*--.

Me tuve que guardar algunas lágrimas. Ya llevaba planchas en las nalgas, tenía anemia y unos calenturones.

Cuando llegamos, hubo un momento que sentí que me moría porque esas planchas se me maduraron de tanto viajar a caballo. Se me habían dormido las nalgas, ya no sentía dolor.

Me dijo mi tía Teodora que llevaba el pantalón ensangrentado y cuando me bajaron del caballo pum me caí, era un caballo trotón.

No me pude parar porque tenía las patas entumecidas y estaba hecho una desgracia.

Diay, ya llegué a El Zapote, no se había perdido esa finca todavía, a pesar de que hacía ratos que había muerto la abuelita. Después hubo pleitos y no se sabe a quién le quedó eso, tal vez a los Moncada porque a lo mejor metieron pleito. A Estebana y Placentino los habían echado.

La cuestión es que yo no comía. Vine comiendo porque mi tía le echaba al arroz y los frijoles un poquito de natilla y como donde mi *mama* no me daban nada de eso... Ahí era arroz, frijoles y çepa (una malanga), a veces un pedacito de cuajada o un pedacito de queso, pero muy de vez en cuando, solo si sobraba porque lo mejor se los daban a mis hermanitas pequeñas, ni a Mirian ni a mí. Yo estaba acostumbrado a comer bien con la abuelita: café con leche, buenas comidas de pollito, chancho, sopas de carne de vaca o novillo, que a veces mataban, ahí no faltaba la carne. Con mi abuelita yo vivía como un rey. Mi abuelita *jue* una madre, nunca nos pegaba. Nosotros éramos como ángeles *pa'* ella y sufría porque mi *mama* no estaba con nosotros.

Pues, mi tía cortaba carao y me daba con leche *pa'* la anemia. A mí me gustaba. Ella hacía los montones de carao con leche y me *jui* levantando, me puse gordo y cuando me decían: "¿quiere ir donde su mamá?" Yo decía que no. Ni quiera Dios, nadie sabía lo que ahí me maltrataban. Yo no quiero ir ahí, decía y hasta la vez.

Todo mundo dice que yo no quiero a mi *mama*. No *jue* eso. Yo le *dijiera* a *usté:* "yo a mi *mama* nunca la quise, qué me cuesta decirlo, pero no *jue* así, yo le tenía cariño, le tengo cariño y bastante, pero al esteee… cómo le *dijiera*… al esteeee… acordarme de todo lo que me hizo sufrir…

El llanto se le vino encima, como un río encabritado, golpeándole el alma, dejándolo mustio, sin palabras. Solo el recuerdo de las tantas veces que su madre lo tomaba del pelo o de sus famélicos brazos para entregarlo al verdugo: “mirá este *confisgao*, se volvió a perder y aquí está ahora como un mojigato, sin la leche y sin los reales que le di” y lo agarraba Ceferino con lo que tuviera en sus manos, a veces lo pateaba por malnacido, porque no era su hijo, porque quería demostrarle a la China que ella tenía razón de despreciar sus saltos en la tarde, sus correrías por la vida, como cualquier niño de campo.

Poco tiempo después de que mi *mama* mandó a Ceferino a botarme, se destapó el mierdero y empezaron a perseguir a todo mundo.

Pocos meses después tuvimos que salir de las fincas. El que la conservó hasta que salió de la cárcel, cuatro meses después, *jue* mi papá, pero al poco tiempo también la vendió porque no podía estar a la par de los Moncada. Habían pasado un par de años.

Placentino se había ido *pa’* Liberia, Estebana *pa’* San José. Ya habían perdido la finca El Valle en manos de Teodora.

Juana terminó cambiando la finca que le había quedado; mi tío Amado, mi papá, Ceferino, mi tío Placentino y por supuesto, Carlos Alberto *jueron* a parar a la cárcel, todo mundo se había desperdigado.

Ahí me recogió Estebana y me metió a la escuela a los nueve años. Me tuvo tres años donde Victoria Peña, en Los Ángeles. Mi tía Estebana pagaba, pero a veces no podía, es que vivía quebrada la pobre. Entonces yo me crie a la sombra de los demás, *arrimao*.

Doña Victoria me quería con lástima, decía que yo era muy humilde.

Como a Estebana no le alcanzaba, entonces Placentino empezó a ayudarme también. Me estuvo ayudando, pero pronto se juntó con María Eugenia y alquiló casa y plaaá, me *jui pa'onde* Maruja. Ella me daba esas palanganas de tamales y vaya venda... yo tenía como diez años... tamales, empanadas y si no vendía me sacaba en cara muchas cosas, decía que ni la comida me ganaba y mi tío como nunca estaba en la casa porque solo manejando vivía, no se daba cuenta, idiay, yo nunca le conté.

Ahí estuve como tres años y como estaba a cargo de Estebana, me dice:

--¿Cómo perdió usted un año?

Ahora le digo a *usté*, que yo lo perdí porque no tenía *sustentamiento.* Andaba con pedazos de zapatos, con el rabo roto, la camisa también, andaba en desgracia y a mí hasta me daba vergüenza ir a la escuela. Yo entiendo porque ellos no podían darme todo, yo sabía que no podían.

Estebana estaba por allá, ganaba una cochinada, apenas *pa'* comer. Entonces Estebana me dice:

--Voy a dejarlo donde su mamá, de por sí *usté* ya perdió el año. Voy a entregárselo.

Tenía razón porque ella hacía mucho sacrificio. Es lo que pasó, mi tía Teodora me entregó a Estebana, luego ella me devolvió donde mi *mama*. *Pa'* entonces yo ya estaba hombrecito, tenía once años.

Ahí estaba Ceferino de nuevo, había salido al parecer con una fianza o no sé cómo, pero ahí estaba y cuando llegué se me quedó viendo receloso.

Ya a los pocos días me iba a pegar otra vez, como cuando tenía seis años, pero yo pensaba, si este carajo me toca, yo le doy. Tenía eso en mente.

Llegó el día en que se quiso propasar y le digo:

--Si *usté* me toca, *usté* verá. Tenga en cuenta que yo voy *pa'*grande y *usté* va *pa'*viejo. No sé de dónde agarré valor *pa'*decirle, pero diay, ahí *-ta*.

A mí ya me gustaban las güilas y allá en Quebrada Grande llegaban muchachas y mujeres a curarse donde Bartolito.

Un día que yo iba a pelarme, mi *mama* aprovechó *pa'que* le comprara un queso *pa'unas* rosquillas.

Mi papá me había *regalao* un caballo muy bonito que se llamaba Primavera. El día que iba a pelarme a Dos Ríos vi unas muchachas y yo a la par de ellas en mi caballo hablándoles. Eran de Sarchí, nunca se me olvida.

--Venga Chinito, no se vaya –me *dijieron*—. ¡*Pa'qué le dijieron*! Yo me *jui* con ellas. Y claro, llegué a la casa como a las cuatro de la tarde, tenía que llevar el queso *pa'* las rosquillas.

Mi *mama* me había dicho, como *usté* va *pa'l* cuadrante, tráigame dos kilos de queso, eso *jue* en la mañana. Bueno… yo nunca me imaginé que mi *mama* iba a *horniar.* Ya había *alistao* la masa, yo no sabía y no llegaba, pero no *jue* al propio. Cuando llegué me dice:

--¿Y esta es la hora de venir?

¿Qué tengo que hacer yo? --le dije--.

--¿Y *ónde* está el queso? Yo tenía que *horniar.*

--Bueeeno, a hacer las rosquillas ahora –le digo— no queda *diotra*.

--No, lo que te voy a dar es una *garrotiada*.

--Bueno, péguemela y es la última porque si *usté* me pega, yo me voy porque yo les he *aguantao* mucho, más no aguanto.

Y agarra un palo de escoba y penguén, penguén, penguén, como si estuviera aporreando frijoles. Se me puso todo el brazo hinchado y morado.

La señora de Bartolito, que era hermana de Ceferino salió en mi defensa:

--Mire Alicia, esa no es manera de castigar a un hijo y *usté* está castigando ese muchacho por nada, solo porque tiene cólera. ¿Por qué no se la quita de otra manera? Y *usté* no me toca más a ese muchacho porque a *usté* es a la que me voy *apiar*.

Ella era Sarita Acuña, la tía de Brunilda y Guillermina. Entonces mi *mama* se calmó y se puso a llorar.

Sarita me quería mucho y me metió *pa'*dentro. Luego empezó a hervir agua, me puso paños calientes. Yo no podía mover el brazo, entonces Sarita me amarró.

Antes no había hospitales.

Ese día yo le dije a mi *mama* que era la última vez que me pegaba.

–Apenas me componga de este brazo, yo me voy –le dije--.

Pasaron los días y me *jui* componiendo. Entonces hablé con Isidoro, el hijo de Bartolito y le dije:

--Yoyoo ¿vos me ayudás a agarrar el caballo?

–Sí hombree.

Ya se *jue* conmigo.

Ese caballo hasta que paraba el rabo, era brioso y bonito el Primavera y... hoombree ese caballo pasa en medio de los dos y le hago *paaá* y lo pego, pero no del pescuezo, sino que lo pasé de las dos manos y ya, ese caballo *corcobiando*. La cuestión es que le dimos vuelta en un palo y así lo agarramos.

El problema era cómo me iba. Aquí es irse escondido, pensé.

--Yoyooo ayúdame, yo me voy a ir.

–Sí, sí, yo te ayudo --me dice--.

--Andá –le digo— te traés la albarda, nos juntamos en aquella burra *e´monte* y ahí ensillo el caballo y ve a ver si me podés sacar dos pantalones y dos camisas, que mi *mama* no te vea. Te traés una alforja y una cobija.

Y hago viaje, me *jui* y nunca más. Me *jui pa'onde* mi papá, *pa'* que me sacara en cara que no era mi papá. Como cinco años después empezó a decirme que él no era mi papá y sí era mi papá, claro.

Él no vivía tan lejos, había comprado Los Claveles, después de que salió de la cárcel y vendió El Cajón en dieciocho mil pesos.

Los Claveles quedaban en Dos Ríos, cerca de donde vivía mi *mama*, que era Quebrada Grande.

Con el tiempo, mi papá le compró moto a Chico y a Bululo, a mí no me compró, lo que me regaló *jue* una bicicleta vieja, sin balines ni neumáticos. Llegó Bululo y me dice:

--Mirá, tomá esa bicicleta, mi papá me dijo que te la diera.

Yo me llevé la bicicleta, medio la arreglé después.

Mi papá les decía a los *piones* que él a mí no me iba a dar nada porque yo no era hijo de él. Yo sufría, me metía a un cuarto y lloraba y lloraba. Mi *mama* no me quiere, mi papá no me quiere. Tengo que irme yo. Voy a buscar trabajo, pero claro, no tenía estudios. ¿En qué voy a trabajar?

Mi papá estuvo como cuatro meses en la cárcel, a los que jodieron *jue* a Ceferino, Amado y por supuesto a Carlos Alberto Díaz. A mi papá lo sacó Enrique Montiel, quien le había dicho a mi tata:

--Si a vos te condenan, te doy plata y te voy a dejar a la frontera *pa'* que trabajés desde allá, ahí seguimos a medias, pero mi papá salió ileso, no le probaron nada, Placentino y Ceferino tampoco estuvieron mucho tiempo.

En ese tiempo que estuvo mi papá en la cárcel, los hijos de Moncada le echaban veneno al ganado de papá. Todos los días amanecían en el patio diez, veinte reses muertas. El veneno se lo echaban en la sal. Moría el *ganadambre* ahí a la orilla de la casa. Le hicieron mucho daño, por eso vendió esa finca y se compró Los Claveles, también compró Argelia. Todo era en sociedad con Enrique Montiel, que es primo-hermano de mi papá.

Mi papá tenía más de seiscientas reses y más de doscientas bestias. Había caballos cerreros, que ni se ensillaban. Muchas yeguas solo *pa'*que parieran. Y tenía caballos que él no amansaba, los daba a amansar. Tenía un *caballambre*, viera como tenía y que no los usaba en El Cajón, sino que los soltaba... antes todo era baldío. Esas yeguas andaban por Limonal, San Jorge, era mucha tierra.

El Cajón quedaba en un lugar que se llama Limonal de Bagaces. Esa finca colindaba con El Zapote y Las Pulgas, que era la finca de Moncada.

Moncada, este hombre sí era malo. Le quitaba la tierra y los animales a la gente. Me contaba mi *mama* que una vez mandó a quemar a dos viejitos que no quisieron venderle la finca porque les ofrecía un precio ridículo. Otra vez, a un *mentao Conrao* casi lo mata. Yo no sé qué tenía *Conrao* con él. Parece que se le robaba a una hija y eso era un delito con ese hombre. Entonces Moncada mandó a hacer un *güeco* y la noche que llegó *Conrao* a ver la hija, lo agarró con una pata de tijereta y le arrió al hombre, por dicha se le safó, sino lo mata. Pero ahí quedó el *güeco*.

--*Jueput*a –le grito donde iba el hombre herido— hasta el *güeco* te tenía listo.

Era malo ese hombre. Bueno, fíjese que Moncada era el esposo de Zoila Rosa, hermana de Pacífica y tuvo a Juana y Estebana con Pacífica y *pa'*rematar tuvo a Sonia y Emiliano con su propia hija Juana. Después tuvo más hijos con otras mujeres, se creé que tuvo más de setenta hijos.

Yo estaba muy pequeño, pero me *juera* dado miedo ese hombre porque se decía que tenía poderes y convenios con el Diablo. Antes hablaban tanto de espantos y bueno a mí sí me asustaron. Una vez estaba mi papá con carbunco, un dolor en la nuca que no podía ni *voltiar* a ver y le daban unos calenturones (quién sabe ahora cómo le dicen a esa enfermedad) entonces me dice:

--Andá agarrá dos mulas. No, un caballo y una mula. En el caballo te vas de aquí hasta Dos Quebradas, cerca de Cañas Dulce. *Pa'* entonces ya teníamos Los Claveles, mi papá ya había vendido El Cajón. Después compró Las Lilas, después la vendió y compró La Galatea. Mi papá compraba una finca en montaña y la vendía con las mejoras y ahí iba.

Bueno ¿yo *ónde* no he *andao*? Y por obra y gracia de Dios, nunca me han *asustao*, pero bueno, se hablaba que por una mentada *matecaña* asustaban, ahí por Nueva Zelandia, por unos trillitos *onde* caminábamos nosotros en la montaña.

Cuando yo pasé por ahí, exactamente, eran las dos de la mañana, (yo salí a las once de la noche de la finca) tenía como tres horas de caminar. Paso y estaba la luna como el día, pero en la montaña la luna no entra.

En una montañita, ya *pa'*salir, yo veía que una carajada me hacía señas, yo no llevaba foco, pero cutacha sí… ¡Señor Jesús! Amarro el caballo del jinetillo y después le hablo a la mula por cualquier cosa y voy agarrándome bien del jinetillo.

Iba destapando la cutacha por cualquier cosa. Con el reflejo de la luna parecía una persona… ¡Santísimo Señor! Yo encomendándome al Señor, Todo Poderoso y vuelvo a ver… Una hoja de platanillo: *hasta´quí* yo vuelvo a tener miedo, dije yo, entonces me devolví y la corté, no vas asustar a otro carajo.

No sea ingrato, dije yo y la corté, me *jui* y dije, yo *hasta´quí* y sigo a media montaña, ya no veía ni las manos y se me sienta *pa'trás* el caballo. Voy *apiarme* dije yo… Estaba un *paloncón* como *destialto*, que se había caído y había tapado el camino. A la hora llegada, el caballo topaba el palo y se echaba *pa'trás*. ¡Hijo de Dios! dije yo ¿y *pa'brir* el camino aquí?

No, yo tengo que pasar este palo a como *haiga* lugar… *paloncón* asiií. Esperaaate, dije yo. La mula la traía jalada y la pego del jinetillo bien pegada y le pego las espuelas al caballo y pung, se tiró y queda la mula del otro lado y no quería y no quería pasar la mula. Entonces la amarro del pescuezo y le pego ese jalón: brincó y cayó acostada al otro lado, pasé en lo oscuro y sin luz y sin nada.

Allá *jui* llegando ya de día con una gran sonrisa porque lo había *lograo*, aunque la mula iba medio tartamuda, *cojiaba pa'*un *lao*.

Bueno, pues como le iba diciendo, me *jui* con mi papá, ya yo era hombre, tenía doce años, *jue* cuando le dije a mi *mama*, deme duro porque es la última vez que me va a pegar, yo ya tenía *güevitos*, ni me crio y me maltrata –le dije--.

Pues me pegó delante de las muchachas, Isidoro, el hijo de Bartolito y de Sarita es testigo, todavía vive. Él sabe el maltrato que nos dio el *finao* Ceferino Acuña a mí y a mi hermanita, hasta matarla.

Isidoro y su mamá Sarita Acuña *jueron* muy buenos conmigo, Bartolito no se metía ni en bien ni en mal.

En esa época a Bartolito le tenían fe. Todo mundo llegaba ahí, pero le voy a contar algo: no sabía nada, era puro cuento. Vea, una vez me llevaron a quitarme el pelo a Quebrada Grande, veníamos de adentro y pasamos por la finca que tenía Pedro Gutiérrez, ahí almorzamos como a medio camino. Después pasamos por la finca de Bartolo y hablando,

hablando, le dice Ceferino (me acuerdo como ahorita, a mí poco se me olvida, estábamos en la mesa):

--Hombreee –le dice Ceferino— ¿qué será que este carajillo casi no come?

Menos a la par de ellos, estaba yo marginado.

Bartolo se me queda viendo y le dice a Ceferino:

--Sabe qué es, él muele las hojas y se las chupa.

¡Dígame! ¿Por qué iba a chupar hojas yo?

Entonces Ceferino le creyó, en lugar de decir, sí hombreee, vamos a buscarle medicinas, vitaminas o alguna cosa.

Entonces Ceferino se *jue, se jue, se jue* y cortó un varejón, ya me iba a pegar y le dije yo:

--Yo no como hojas.

–Sí –me dice-- ¿cómo dice Bartolito que *usté* come hojas?

Era una mierda, solo porque Bartolo dijo y esa era la vida mía, no crea que estoy hablando inventos, eso *jue* en El Aromal. Yo creo que, si voy ahora, sesenta años después, hasta el palo veo. El Aromal quedaba *pa'cá* de Los Ángeles, en Quebrada Grande.

No le digo que mi hermana duró si acaso tres o cuatro meses de las *vergiadas* que le daba ese hombre y a mi *mama* yo le reclamé eso y no le gustó.

Yo después, como de veintiséis años, ya hombre, llegué a la casa a ver a mi *mama*, le reclamé *juerte* y ahí estaba Ceferino.

Yo quería problemas con él y solo esperaba que el hombre brincara y me *dijiera* algo y así *jue*:

--Hombreee --dijo-- ahora si los padres se descuidan hasta los hijos les pegan.

Cuando él brincó le dije:

--Esperando estaba que vos hablaras algo *pa'* y…

Tomá, ahí te va ese machete. Vos dijiste que cuando salieras de la cárcel, ibas a matar a mi papá --le digo-- no, es a mí al que vas a matar, pero tiene que ser ya, tomá ese machete y aquí tengo este yo (era un 28) y empújele porque yo le voy a empujar y en ese momento se metió mi *mama* en medio y yo dije, estoy mal, no le voy a levantar la mano a mi *mama*, me calmé y le dije a Ceferino: "esto sigue, esto es un principio porque yo estoy herido con las zanganadas que hiciste de matar a mi hermanita y casi me matas a mí.

Te agradezco que me *juiste* a botar allá donde mi tía, pero yo ya era hombre muerto, pero mi Dios me tiene vivo *pa'* reclamarte todo lo que me hiciste.

Mi *mama*, mis hermanas y Chico, el marido de Brunilda se dieron cuenta porque todos estaban ahí.

Yo volví a llegar mucho tiempo después, Ceferino trabajaba en La Trinidad, una finca al otro lado del quebrador. Se iba todos los domingos a las dos o tres de la tarde en el bus.

Yo estaba ahí y él pensando que tenía que caminar del río *pa'dentro* y yo estoy con la espina detrás de la oreja.

--Ceferino --le digo-- si quiere yo lo voy a dejar en la moto de Chico. Dígale a Chico que le preste la moto. Claro, se confió, pero yo estoy hasta que ardo solito.

--Chico ¿me presta la moto *pa'que* me vaya a dejar este *güevón* allá?

--Claro --le dice Chico-- que se la lleve.

--¿Cómo está la gasolina?

--Está bien, llévesela.

Llegamos a Colorado con una alforja llena de compras: arroz, frijoles, manteca, todo lo que ocupaba en la finca.

--Le digo entonces-- entremos a Colorado *pa'que* nos metamos un par de birras.

Llevaba poca plata, pero me animé y lo convido a tomarnos otras dos. Ya arrancamos la moto y los *juimos* y allá al pasar por el río, al otro lado de la cuesta, ya casi en la finca Rosa María (todavía faltaba bastante *pa'llegar*) le digo:

--Ceferino, voy a orinar.

Sí, me iba orinando, no ve que me había mandado tres cervezas.

--Yo también me vengo orinando --me dice--.

Ya voltió la cara por allá *pa'*orinar y yo con esa cólera y le pego una patada por las bolas y el hombre hasta que se dobló.

--Jueputa --le digo-- ahora sí vamos a arreglar. Este es un lugar propenso, este es el lugar que yo quería hallar *pa'*vos. Hoy te morís hijueputaaa.

Me hizo arrebatada la alforja de víveres y salió. Lo alcanzo y le pego otra patada y lo tiro a un guindo y sale ese hombre como todos los diablos. Yo ya había agarrado unos *pedroncones* y se los tiraba: burún, burún, bum, bum, bum. Gracias a Dios no lo agarré. A lo mejor, estaría en la cárcel, pero gracias al Señor, Dios no me dejó.

De ahí en adelante, yo llegaba donde mi *mama* y él se salía de la casa y se escondía.

Por esa época yo tenía el corazón podrido, por eso cuando mis hermanas dicen que yo soy malo, es porque ellas no saben. Mi *mama* sí lo sabía perfectamente, pero lo único que decía era:

--*Usté* a mí no me quiere.

--Sí mamá, sí la quiero, pero hay algo que no le voy a decir.

Por eso yo caminaba martirizado, yo quería a mi hermanita, por eso me *jui pa'onde* mi papá, ahí no había maltrato, pues sí tenía maltrato de Chico, porque él era muy malo. Me sacaba en cara todas las cosas cuando estaba bravo. Cuando estaba contento era un amor conmigo.

Un día de tantos mi padre me dijo que él no era mi papá, que le preguntara a mi *mama*, quién era mi papá porque él no era... Ya era un hombre de diecisiete años y me dijo:

--A mí no me digás papá, decile papá a otro.

Yo le conté llorando a mi tía Teodora, mire tía, mi papá...

--No, no le haga caso --me dijo-- es que la adoración de su tata es Chico.

Yo lo que hacía era oír y tragar.

--Todo lo que tengo es de mi hijo Chico --decía mi papá-- ni a Bululo ni al Chino les doy nada porque son vagos y borrachos.

Pero allá en la finca no bebíamos guaro. Sí salíamos a Liberia a tomar guaro, pero al otro día teníamos que ir *pa'trás* a caballo, entonces yo no sé por qué a él se le metió que éramos vagos. Yo creo que por eso me metí en la vagancia de tomar, porque estaba herido, dolido.

Mi papá hizo eso porque él a mí no me quería. ¡Yo *jui* suertero! A mí ni mi papá ni mi mama. Me dieron más calor mis tíos.

Cuenta el sufrimiento de los orfilianos, de cómo Dionisio compartió la novia, de cómo José María enfrentó un demonio y otras historias sin importancia.

Después de que esa gente mató a mi papá, *pa'* nosotros *jue* un calvario, pero completamente un calvario, más *pa'* la pobrecita de mi madre que se quedó con doce hijos al hombro. El mayor era yo, que andaba por los catorce años.

Los hijos de la primera esposa de mi tata nos agarraron a nosotros como esclavos. *Juimos* esclavos de esa gente. Efraín, Dionisio, Ana y María Felix nos daban garrote y éramos sus esclavos. Nos sacaban en cara el poquillo de pinto que nos comíamos en la mañana. Manuel no lo hizo porque se había ido *pa'* la Zona Sur desde hacía años, pero a mí una vez me jodió con una tajona.

Después de que murió mi tata, a mi madre la tiraron a la calle. Mi papá le había *dejao* una finca de las cinco que vendieron los hijos de Zoila. También vendieron todo el *ganao* que había, casi trescientas cabezas de *ganao*.

A mi mamá y a nosotros nos tiraron en una casucha vieja donde apenas una gallina podía dormir. Eso *jue pa'* nosotros lo peor que pudo haber *aparecío*.

Efraín llegaba donde estaba mi madre sentada en una máquina, haciendo ropa *pa'* ganar algo con qué comer y sacaba una escuadra que era más grande que él y amenazaba a mi madre solo porque le daba la gana. Yo deseaba que mi tata le hubiera salido a ese cobarde.

Supe que en una de tantas ocasiones le dijo Efraín a Orfilia:

--Mirá, mi tata dejó dicho que, si te metías con otro hombre, te echáramos a la mierda, pero yo no quiero hacer eso, mejor venite conmigo por las buenas. Si vos siempre me has *gustao*, Orfilia. Aquí te podés quedar todo el tiempo que querás, pero si no querés...

Orfilia se quedaba en silencio, temblorosa de lo que ese hombre desalmado pudiera hacer. No se atrevía a levantar la mirada. Entonces Efraín le metía la mano entre sus senos y se los apretaba.

--Estás rebuena todavía Orfilia --le decía--. ¿Te vas a desperdiciar solo porque se murió el Viejo?

En ese momento entró Jerónimo y le preguntó:

--¿Por qué tiene la pistola en la cabeza de mamá?

--Porque le estoy desenredando el pelo y vos te me vas de aquí antes de que te lo desenrede, pendejo y le dio una bofetada que lo tiró por el suelo.

El niño salió corriendo del cuartucho y Efraín lo siguió. Orfilia se quedó sollozando, aterida por el horror de sentirse sola. Eran mejores los gritos, las bofetadas del Viejo que esta nueva forma de esclavitud. Y recordó cuando Claudina tenía tres años y le contó a sus hermanos que Efraín le estaba tocando las tetas a su madre, pero la tenía agarrada por el cuello.

Seis meses más tarde murió quemada Claudina en una de esas quemas por limpiar el patio. Ahí llegaba el ganado a descansar por las noches, detrás de la casa, a la par del enorme patio de casi media manzana, cubierto de naranjos, limones, aguacates y algunos otros arbustos. Orfilia tenía pocas posibilidades de seguir a todos sus hijos e hijas en sus correrías porque mientras vivió con el Viejo siempre o estaba embarazada o parida. Cuando tenía un aborto, solo pasaban tres semanas, a veces menos y el energúmeno se montaba de nuevo. Al siguiente año, nacía otro ser para iniciar el vértigo por los braseros del látigo, que anunciaba nuevas derrotas.

Efraín había ordenado que hicieran algo todos esos güilas y los mandaron a limpiar el patio.

--Cuando recojan las hojas, le prenden *juego* --dijo Efraín--.

No había muerto el Viejo, pero las tragedias sucedían porque era más importante el ganado, las bestias y los cerdos.

Manuel se había ido para la Zona Sur, María Felix había vuelto para arrodillarse frente a su padre, pero solo encontró murallas, por fortuna resquebrajadas pues vivían sumidas en la gula, derrumbándose en el licor y los viajes a Bagaces, Aguas Claras y donde pudiera encontrarse otra hembra para mancillarla.

No hubo necesidad de enterrar a Claudina, se perdió en la ceniza de los arbustos que la acogieron piadosamente.

Andaba correteando con otros niños más grandes y nadie se percató que ella corrió hacia el matorral por donde se había escapado con el viento y hasta ahí la siguió el hilo de fuego usurpando sus pies, adulterando la poca esperanza que tenía.

Un cortejo de boñigas de vaca la abrigó mientras las llamas iniciaban el vuelo para remendar el muelle donde finalmente dejaba su barco.

Aquí no me hallarán iba pensando, mientras corría por la maleza. Cuando la encontraron, algunos pasaron revista por la Santa Cruz, líbranos Señor.

Al llegar el Viejo, ordenó que enterraran ahí mismo los restos y pensó que de por sí estaba la Orfilia que le podía dar hasta veinte niñas más. Pero sí tomó un rejo y reventó varios peldaños que jugaron bendito escondido en el patio, plagado de mierdas de vacas.

--No quiero saber –gritó-- que estos cabrones vuelven a andar jugando cuando se los manda a hacer oficios.

Nos mandaban a hacer trabajos por tareas, teníamos que terminar lo que ellos decían, continuó José María.

--Esto lo hacen hoy, esto lo hacen ahora –ordenaban-- y en ese plan.

Ellos vivían *pasiando pa'* Bagaces, *pa'* arriba y *pa'* abajo. Llegaban en la tarde y en la mañana se iban.

Es que hay que ver, figúrese que, en las fincas de mi tata, a veces metían hasta mil vacas en los potreros porque mi abuelo alquilaba pastos a Jenaro Cruz y él les pagaba.

Nosotros teníamos que cuidar ese *ganao*, quitarle los gusanos, fumigarlo, echarle sal, cambiarlo de potreros, *pastoriarlo*, pero nunca vimos un cinco de ese dinero, todo se lo pasaban por la jareta y se lo bebían en guaro y así gastaron la plata de mi tata.

Esa gente lo único que hizo *jue* explotarnos y a mi madre la humillaron como les dio la gana y no le dieron, pero ni una aguja *pa'* que siguiera cosiendo.

Cuando cumplí dieciséis años, yo me tuve que ir *pa'* la Zona, poco tiempo después echaron a mi madre. Yo era un carajito que nunca salía de las enaguas de mi madre, pero me echaron.

Tres años después de que muriera mi tata ya habían vendido todo y llegaron a Golfito buscándome. Efraín tuvo el descaro de ir a botar a José Andrés a Puntarenas, ahí le dio cuatrocientos pesos y le dijo, vaya a buscar a José María y trabaje con él, como si yo *juera* el tata.

Al pobre José Andrés lo criaron mi papá y mi mamá. Efraín nunca le dio ni *pa'* una camisa.

Allá llegaron a buscarme y al encontrarme, *dijieron*:

--Es que nosotros nos vamos a ir *pa'* Sarapiquí a trabajar, *pa'* que se vaya con nosotros. Yo en ese momento no tenía trabajo porque se necesitaba la cédula y yo era menor de *edá*. La Bananera exigía la cédula.

Yo estaba *onde* mi hermana Clarita y ella les dice:

--José María no se va a ir de aquí. Él ya no va a trabajar más *pa'* ustedes, se va a quedar aquí hasta que consiga trabajo, yo le voy a dar la comida, la dormida y le lavo la ropa. No tiene nada que andar haciendo con ustedes.

--A bueno--.

Dieron media vuelta y se *jueron*.

Pues el tal Efraín, por ahí no más se quedó, como a tres kilómetros de donde estábamos y cuantas veces me pagaban, estaba el hombre jodiendo que le diera plata y yo no le debía ni la milésima parte de un centavo.

Un día, venía yo del muelle, me habían dado trabajo ahí. Yo me *verguiaba* desde las seis de la mañana hasta las siete de la noche, sin descanso. Iba yo *pa'* la casa, casi muerto de cansancio, a bañarme, comer algo y tirarme a descansar, cuando me salió en el camino y me habló *juerte*:

--José Mariiía. Hasta me asustó y pegué un brinco *pa'trás*.

--¿Qué? --Le dije-- un poco *engüevao*. Ni siquiera me saludó.

--Vengo a que me haga un gran favor.

--¿Qué será?

--Necesito que me consiga cien pesos.

En ese tiempo, cien pesos solo los ricos los tenían así no más, era demasiadamente plata.

--¿Y de dónde diablos los voy a agarrar yo?

--Diay, *usté* trabaja, *usté* tiene que tener plata. ¿En qué gasta la plata?

--Ahorita le digo. ¿*Pa'* qué quiere cien pesos?

--Es que tengo que ir a Liberia a ver a Dinora.

--Bueno, si *usté* quiere ir a hablar con Dinora, lo primero que tiene que hacer es ir a trabajar *pa'* ganarse los cien pesos. Yo no tengo esa plata y si la tuviera, no se la doy porque a la que le tengo que dar es a mi madre, solo Dios sabe las que está pasando con ese familión que tiene. Yo con *usté* no tengo ninguna obligación.

--Aaah… ¿Así es la cosa?

--Sí, así es, como lo está oyendo, así es.

--A bueno, está bien.

Dio la vuelta y se *jue*.

Dinora era una tal novia que le había quitado Efraín. Con ella iba a hablar a Bagaces. José María había conocido a Dinora ocho meses antes de tener que marcharse definitivamente de la finca de los Moncada y se habían hecho novios.

No entendía cómo una chiquilla estudiada de colegio se iba a fijar en él, que era un analfabeto, que no sabía ni leer.

Efraín se dio cuenta y una vez lo siguió hasta donde se encontraba con la muchacha. Entonces empezó a cortejarla, hasta que le dijo que no quería que volviera a ver al muchacho.

A José María lo amenazó diciendo que, si volvía a ver a esa mujer, iba a tener problemas con él. Ese día solo le dio un empujón.

--Vos sabés lo que te puede pasar –lo amenazó--.

Después creo que estaba trabajando con él, continuó José María.

Como ella era sabida, sabía leer libros del diablo, empezó a hacer brujerías con él. No sé si me hicieron algo, pero yo no quise saber más de esa muchacha, a pesar de que yo había estado muy enamorado y la quería mucho.

Pues, por allá empezó amenazando y amenazándome. A los poquitos días, me envió una carta diciéndome que estuviera seguro, que yo sabía que él tenía poderes, que él era poderoso, que me iba a poner a comer en cuatro patas, que me iba a dejar ciego, que iba a quedar paralítico. ¿Qué no me decía?

Y en este momento que tengo ochenta y dos años, estoy parado, casi no veo, estoy casi ciego ya. ¡Me arruinó!

Yo tenía ya bastante *ganao* en esta finca y me iba muy bien, pero poco a poco lo he ido perdiendo y todas las amenazas que me hizo, todas me han caído.

Me echó brujería, pero de las bravas. Él tenía el libro que dejó mi tata. Con ese libro aprendió todititito, solo cosas diabólicas.

Ese hombre con ese libro, me hizo a mí lo que le dio la gana y le hizo a mi madre y a mis hermanas, lo que le dio la gana con ese maldito libro. Esa maldita brujería se cagó en la vida mía porque así es, así lo hizo.

Después de que me jodió con esa brujería, se me metió un espíritu, un Satanás parecido a él, que me ha perseguido y me ha hecho las diabluras que le ha dado la gana. Ese Satanás me ha perseguido de día y de noche. Se me encaramó en la cama más de una vez, mientras dormía. No ha podido hacer más porque Diosito es demasiadamente grande, por eso no me jodió bien. Matarme es lo que quería porque no le presté cien pesos *pa'* que *juera* a ver a una hembra. ¿Por qué diablos no *jue* a sudarse los *güevos pa'* que la *juera* a ver?

De ahí *pa'acá*, me ha jodido con la mujer, miles de problemas, que se va, que ya no aguanta y miles mierdas. Imagínese, por ese jueputa espíritu. ¿A dónde debía andar yo, que no anduviera detrás de mí?

Imagínese *usté*, todas las mierdas que he pasado por ese jueputa espíritu que debía andar detrás de mí. Intentó matarme más de una vez, me quebró una pata de puritito gusto, jugando bola.

Dígame *usté* si no *jue* de puritito gusto. No supe ni cómo y plaaá me quebró una pata. La pata se me movía como agilar un palo *quebrao* y quedara un pedazo en cada mano.

No se me cayó la pata porque quedó pegada a los tendones, así como lo oye. Y después me mandaba a decir, que viera, que supiera que él tenía poderes. Todo el tiempo estaba con esos malditos poderes.

Y no había caído muerto cuando ya estaba aquí zampado en mi casa jodiendo. Le salió a una hija mía y casi la mata y después no dejaba dormir a la otra *jincándola* y jodiéndola. Tuve que salir a hablarle como hombre. Le dije:

--*Julano ¿usté* es el que anda ahí *jodiendito*? No me dijo nada, no me contestó.

Vea, mi papá me decía que su madre era una mujer demasiadamente buena y *usté* no sacó nada de ella. Digamos que mi tata es el malo en ese caso, por todo lo que he oído.

Bueno, le seguí diciendo, *usté* es un Satanás y mi tata lo decía. *Usté* viene a ensañarse conmigo, me tiene *arruinao* y me va a seguir jodiendo. Oiga lo que le voy a decir, le reclamé: No le voy a decir que estimo a su madre porque no la conocí, pero la respeto, como la primera esposa de mi tata, pero si *usté* me viene a joder una vez más a esta casa, sepa que lo voy a *recontrahijueputiar* todas las veces que me dé la gana, pedazo de maricón, le dije.

Ahora, hágale frente a la situación. ¿Qué diablos hizo los poderes que ni contesta? Siga con sus poderes adelante y lárguese.

Yo sentí cuando ese hombre se *jue*, yo lo sentí. Pero mire, el hombre siguió jodiendo y jodiendo.

Yo tuve que estar haciendo oración todos los días *pa'* ver si no me mata en la de menos, en la de menos, en la de menos.

Y aquí estoy, mal, jodido, ya casi no puedo trabajar, apenas si me deja ordeñar unas vaquitas, ya me cuesta montar a caballo, ya no puedo estar mucho agachado cogiendo frijoles y me cuesta ver un poco, me duele hasta la pata que me quebró cuando se pone un poco frío el tiempo, pero no me tiene paralítico porque Dios no lo ha *dejao*, camino *onde* quiero, seguro me anda viendo muerto del chichón porque me ve caminando.

¡Qué hombre más malo es ese! Figúrese que, a Dionisio, que era su hermano carnal, le robó una cédula y andaba la foto dentro del zapato. Ese hombre era lo *pior* que había, entonces qué no me podía hacer a mí que no era de su propia madre.

Efraín echó a mi madre porque él sencillamente quería que se saliera de la finca *pa'* él tener la autoridad de venderla porque si ella estaba ahí, él no la podía vender. Mi papá había hecho unos papeles, seguro la había puesto a nombre de ella, pero esos papeles se los robaron, nunca aparecieron, ellos se robaron todo.

Resulta que como estaba a nombre de mi madre, ellos no la pudieron vender, entonces ¿sabe qué hicieron? *jueron* y buscaron un montón de parásitos y les *dijieron* que se metieran en esas tierras baldías y se llenó la finca de esa gente. Era la finca San Roque, le decíamos Río Seco, la que tenía colindancia con El Zapote. Esa finca tenía por lo menos seiscientas hectáreas.

El Zapote mi tata se la regaló a Pacífica por las dos muchachas que tuvo con él, Juana y Estebana. Bueno, eso *jue* lo que a mí me *dijieron*. No era tan malo como dicen, aunque era muy grosero *pa'* tratar a la gente, los hijos o quien *juera*, porque antes los hombres tenían un dominio sobre la esposa y los hijos. Castigaban a la familia... Él era muy grosero *pa'* castigarnos. Mi papá nos daba con un danto y nos hacía mierda, pero como responsable de la casa, era más responsable que la mayoría de los hombres. No nos faltaba nada.

Creo que en la finca había más de doscientas cincuenta vacas, *pa'* no decirle mucho. Cuando murió, tenía casi trescientas cabezas de *ganao* y fincas tenía como cinco. A los primeros hijos les dio finca, pero nunca la trabajaron, ellos se iban *pa'* la Zona Bananera y se quedaban el tiempo que les daba la gana y volvían y así pasaban en esa carajada.

En la finca, en un invierno, se ordeñaban cuarenta o sesenta vacas. Se ordeñaban las que daban bastante leche y las que no, no se ordeñaban. Se vendía el queso, pero había muchísima gente que vendía queso. Se llevaba donde el chino Luis León. De vez en cuando vendía una vaca a mi padrino Canales porque él era carnicero.

En esa finca no se sacaba mucho dinero ni con la leche ni con el queso.

Al final de sus días, mi tata tenía doce mil pesos porque le acababa de vender La Sierra a Alfonso Moncada, uno de sus hermanos. Con esta plata iba a comprar El Zapote, que tenía colindancia con él.

El Zapote, creo yo, tenía como seiscientas hectáreas y mataron a mi papá *pa'* quedarse con esa finca y con la platita que supuestamente, él llevaba. Ellos sabían que mi papá ese día iba a subir con la plata, entonces *jueron* a esperarlo a la Cuesta del Cariblanco. Ese *jue* el propósito, eso lo hicieron Amado, Placentino, Rigoberto Lacayo, el nica que lo mató y Ceferino Acuña Chavarría.

Placentino era uno de los principales, él se pasaba *ispiándolo pa'* ver si había pasado o no *pa'* Bagaces. Todos ellos estaban involucrados. Juana no sé, esa gente era muy *cuentistos*. Yo no sé si estaría involucrada. No lo sé bien. Lo que sí pienso es que, en algún momento, algunos cuentos metieron porque ellos hablaban. Decían cosas de mi papá, que tenía hijos aquí y allá, con esta y con la otra.

Ellos jalaban cuentos, supuestamente, por eso mi tata garroteó a Estebana porque andaba diciendo que Sonia y Emiliano eran hijos de mi papá, cosa que no era cierta. Ellos eran santitos y orinaban agua bendita, pero yo le voy a decir una cosa ¿por qué mataron a mi tata *matoniao*?

Yo estoy seguro que a mi papá, le pasó lo que le pasó porque era muy matón, él se las daba de matón y eso le salió caliente.

Mi papá, más de una vez regañó a los Ordóñez, cosa que no tenía que hacer, lo hacía porque le daba la gana nada más, pero no es *pa'* que sea el culpable de todo, no señor.

Esa gente, una vez, le agarraron cinco vacas y se las amarraron por allá y ahí las dejaron y les amarraron el hocico *pa'* que no bramaran y nosotros anduvimos buscándolas, hasta que un perro que andábamos, las encontró y todo por los malditos cuentos que se decían, que le pegó esos leñazos a Estebana, yo no sé por qué, o sea por lo mismo, porque mi papá era muy matón. Tenía un carácter que cuando amanecía de malas, nadie se lo aguantaba, pero que mi tata es el papá de Emiliano y Sonia, quién sabe cómo anda la cosa. Hay un Dios allá arriba que todo lo ve. Si mi papá y Juana lo hicieron, allá ellos. La Biblia dice que hay que respetar a tu padre y a tu madre, pues eso me toca a mí. Yo no vi a mi tata acostado con ninguna mujer de esas. Y tampoco vi a los hijos de mi papá. A Dionisio nunca lo vi como *mujerero*, nunca lo vi a la par de una mujer. Se casó con una campesina por ahí, que se halló, pero no era *mujerero*.

José Inés Dionisio Ordóñez Delgado, hijo de Gustavo Moncada Cisneros y Zoila Rosa Ordóñez Delgado, nació el 20 de abril de 1923, fue esmirriado, de tez más negra que morena, igual que todos sus hermanos. Su aspecto hirsuto no lo hacía ver como un buen mozo, pese a que trataba de engalanarse con los mejores caballos que había en la finca. Su nariz era respingada y altiva no achatada como la de su padre y hermanos, pero no le quitaba el aire sombrío y tímido.

Desde niño mostró resignación ante la voluntad de los demás. Su analfabetismo no le permitía liberarse de siglos de opresión e ignorancia. Esto hizo que construyera su ideal de vida sin utopías. Aceptaba lo que decía su padre y más tarde su hermano Efraín, asumiendo que todo sería bueno para él, por eso cuando este le dijo que quería conocer la primera novia a la que se había atrevido a hablarle, no tuvo reparos en decirle:

--Miraaá Petronila, mañana vengo con mi hermano Efraín *pa'* que platiquemos.

Al día siguiente le silbó desde el portillo, montado en su caballo y la muchacha salió. La subió en grupas y se la llevó hasta donde estaba Efraín esperándolos.

--¿*Pa'ónde* vamos? --le preguntaba ella--.

--No sé, a encontrarnos con mi hermano.

--Pero ¿*pa'ónde* vamos?

--Que no sé te digo, él es el que sabe.

En otras ocasiones Dionisio la había llevado debajo de un palo de cedro amargo y ahí se sentaban a ver cómo se ocultaba el sol.

Los padres de Petronila, viejos muy pobres, la dejaban salir porque se trataba de un muchacho de familia pudiente, muchacho de los Ordóñez, hijo de Moncada, qué más le podemos pedir, nosotros tan *probres*.

Cuando llegaron, Efraín se arrimó al caballo de Dionisio y bajó a Petronila, quien mostraba sus pies llenos de boñiga y barro, pues era invierno y pese a la pulcritud con que se los había lavado, no pudo esquivar los recurrentes charcos matizados con mierda de vaca, que se hacían desde la puerta de su casa hasta el portillo de entrada.

--Pero si está rebuena esta Petronila --dijo Efraín--. Ahora vamos a *pasiar* a pie –continuó-- y la tomó de la mano para adentrarse en un trillo. Dionisio iba detrás.

Al llegar a un limpio, sobresalía un árbol de ron ron y ahí se detuvo Efraín.

--Vení --le dijo a Petronila-- pero ella no tenía alternativa porque la sujetaba de la mano.

No se había terminado de ocultar el sol cuando Efraín le subió la enagua a Petronila, ella volvió a ver a Dionisio, pero este esquivó su mirada.

La madre la había vestido para la ocasión. Pensaron que el hermano mayor de Dionisio quería conocerla y quizá presentársela a sus padres.

Llevaba la muchacha, de escasos quince años, una sencilla camisola de manta, con paletones pequeños adelante, que su madre había cosido a mano. El cuellito era cerrado y le había puesto el relicario, que ella había usado mucho tiempo atrás, prueba irrefutable de que era soltera y virgen.

La larga enagua estaba lullida, las florecillas que antaño tenía, ya no se apreciaban, pero iba limpia. El fustán no era de algodón, sino de rústica manta también, pero ayudaba a cubrir sus partes pudendas.

Algo nuevo pensaba construir Petronila partiendo de las miserables condiciones que tenían sus viejos.

Ella era la última de trece hijos e hijas y se había quedado para cuidar los viejos, pese a que ya había tenido dos ofertas para irse, una de un bueyero de Bagaces, que la había visto una vez que la llevaron sus padres por la ciudad y otra, hacía un año, de un muchacho amigo de la familia, más pobre que ellos, que la requirió por lo frondosa que se estaba poniendo esa flor. Las dos las había rechazado, pero esta opción no se podía dejar pasar, era un hijo de Gustavo Moncada.

Vení, le dijo Efraín a Dionisio, hacete hombre y se arrimó el novio a levantar de nuevo el fustán. Petronila no dijo nada, no gritó, no lloró y después de que se hizo hombre Dionisio, ella no aceptó subirse en grupas.

--Dejála --le dijo Efraín-- ya se le pasará.

Empezó a caminar Petronila, rumbo a su casa. Al llegar ya eran las ocho y le ocultó a su madre la sangre que manchaba su fustán.

La vieja la interrogó, que a *ónde* te llevaron, que si conociste a los padres, que cómo era el hermano, que si pensaban llevársela, que cómo harían ellos solos, si se iba.

Petronila empezó a llorar y solo le dijo que Dionisio ya no la quería y que ella tampoco, que no los abandonaría y que no quería seguir hablando de ese hombre.

No tenía un cuarto donde irse a llorar, así que salió al patio.

--Pero, ¿qué estás haciendo? –le preguntó su madre--.

--Dejeme mamá, yo sola me consuelo.

Empezó a llover y la madre le fue a decir al viejo.

--Dejala --le contestó-- si se quiere mojar, que se moje.

Un mes más tarde llegó de nuevo Dionisio a la casa de Petronila, pero ella no estaba.

--Dejá esa puta –lo reprendió su hermano-- hay muchísimas más por ahí *ajuera*.

Pero Dionisio estaba enamorado y pensaba que esa era la mujer de su vida.

La siguió buscando, hasta que finalmente, ella decidió recibirlo. Le había dicho a su madre que cuando llegara ese hombre, le dijera que no estaba.

--¿Por qué ya no me querés ver?

--Porque si *jueras* sido solo vos, no habría problema, pero tuviste que llevar a tu hermano.

--Él me dijo que te llevara y cuando los vi, yo no quería, pero qué podía hacer.

--Yo no quiero ser más tu novia.

--Pero si yo digo que seás, tenés que ser, por las buenas o por las malas.

--Pues por las malas será porque yo ya no te quiero y es mejor que te vayás ahora mismo.

Ella seguía recostada en el postigo de la puerta y Dionisio agarrado a la rienda del caballo a menos de dos metros.

Montó su caballo y se marchó.

Dos días después apareció Petronila muerta en una quebrada, la misma que había llegado hasta el camino por causa de las lluvias.

Habían pasado 120 años desde que nació Moncada, cuando viajé seis horas a caballo para conocer el camino y la Cuesta de Jericó, donde lo esperaron para matarlo.

Ahí estaba la piedra desde la cual le dejaron ir el primer plomazo y el guindo donde lo habían lanzado Carlos Alberto y Ceferino.

La casona de madera, que construyó en Las Pulgas hacia 1930, todavía sigue ahí, a unos cien metros, al lado arriba del río, donde se quiso escabullir el barraco que tumbó a la niña en el charral, después de que lo siguieran los perros.

Todavía está el bramadero de níspero, en el centro de los corrales. El mismo que sostuvo el toro para curarlo de la enorme gusanera que se le había formado cerca de la cornamenta, por la aparente cortada que le hizo la China.

Dicen que costó llevarlo hasta el bramadero porque se había vuelto más arisco y todos se preguntaban, cómo la China se había acercado tanto a un animal tan bravo.

--Lo amarraron primero y es seguro que no *jue* esa mujer *inclenca* --dijo Moncada-- pero es muy fácil echarle el chicharrón a una vieja a la que no le voy a reclamar nada porque de un escupitajo la vuelco.

Me quedé en ese espacio, solitario ahora, durante un lapso que no pude medir y me pareció ver correr a la multitud de niños y niñas detrás de un gallo destinado a la sopa por *pelionero*, los patos alzando vuelo hasta el río y una pata cruzando el camino para llegar temprano hasta un remanso, dos perros de cacería amarrados a un palo de mango, decrépito ya. Las gallinas cacareando por todo el inmenso patio, un alcaraván domesticado asustándose hasta con los pollos y algunos cerdos por aquí y por allá sin encierro que los detenga.

La casona indemne, me invita a pasar. Tiene horcones de siete pulgadas y suben hasta el segundo piso.

Me atrevo a aceptar la invitación y subo por unas gradas de piedra hasta el amplio corredor, que todavía conserva una mesa, con rústicas bancas a los lados.

Solo cuando llovía con viento no comían en esa mesa, sino en la cocina por turnos. Podían comer hasta diez personas en esa mesa.

Ya no están los taburetes que antaño eran esenciales en la cocina o en cualquier otro lugar donde se quisiera sombrear. Fueron hechos de tres tablones cortos, dos servían de patas y uno, el más grande para sentarse. Eran empotrados y rematados con clavos de madera. No tenían respaldar y sirvieron a gordos, flacos y hasta para tratar de derribar a un hombre.

Tenía Efraín diecisiete años cuando una vez su padre lo mandó a llamar para que le explicara qué había sucedido con cinco vacas extraviadas desde hacía un mes. Todos las habían buscado, incluso Efraín y nadie daba con ellas, hasta que, estando el

Viejo en una parranda en Limonal, un hombre se le acercó y le dijo:

--Hombre, Gustavo, buenas vacas me vendió tu muchacho Efraín y baratas. ¿No tendrá otras?

--Ujum. ¿Y hace cuánto le vendió ese *ganao*? ¿Y cómo es que *usté* le compra *ganao* a un menor de *edá*? Me va a tener que devolver esas vacas.

--Hará veinte días, hom.

No contestó más el Viejo, montó su caballo y regresó a Las Pulgas antes de lo previsto. Al llegar, Efraín se percató de la furia del Viejo y no se le arrimó.

--¡Qué vengás o te pego un plomazo! Pero Moncada ya se había quitado las armas de encima y Zoila las había guardado bien porque sabía que su marido podía cometer una desgracia.

--Zoila, tráeme la escuadra.

--Vos crees que te voy a dar un arma *pa'* que me matés al muchacho.

Entonces el Viejo subió hasta su cuarto, donde sabía que debían estar las armas y al no encontrarlas, bajó furibundo, tomó un taburete y se lo lanzó a Efraín, que lo esquivó sin problemas, pero el Viejo todavía llevaba la cruceta y se abalanzó contra su hijo, cruceta en mano.

Esa fue la primera vez que Efraín se marchó a las bananeras de la Zona Sur, y no volvió sino seis meses más tarde, cuando ya había gastado toda la plata de las vacas vendidas, pues en la bananera no contrataban muchachos menores de edad.

Vuelvo a bajar y me quedo observando los barandales que rodean el corredor de abajo y el de arriba. Pienso cuánto tiempo destinó el ebanista haciendo esos adornos en las tablas de unas cuatro pulgas de ancho, superpuestas cada dieciséis, seguro para que no se fuera a caer un niño o una niña desde arriba. Y no, nunca ocurrió una tragedia de ese tipo, aunque los treinta años que los Moncada habitaron la casona, estuvo plagada de tragedias.

Decido entrar de nuevo, paso revista por los dos cuartos que aparecen al lado derecho, entrando por el corredor, con un zaguán que lleva hasta un pequeño recinto a lado de la cocina, donde también se sentaban a comer, pero ya no está la pequeña mesa que lo adornaba antaño.

Me devuelvo al corredor y al pasar por la puerta del primer cuarto, la empujo de nuevo y me parece ver una silueta de niña con un vestido largo y desgarrado, que pasa corriendo al fondo.

Pretendo devolverme para corroborar, pero no quiero darle importancia y salgo para subir a la segunda planta por la escalera que inicia a la izquierda de la entrada. Subo sin prisa, receloso y hasta con miedo.

Son las dos de la tarde y no encuentro motivo para que las sombras de un cuarto oscuro me quieran intimidar. Arriba hay tres cuartos amplios. Los abro uno por uno y de todos sale una bandada de murciélagos. El piso está forrado de sus excrementos.

Bajo de prisa, sin mirar al frente, sin devolver la mirada y entro de nuevo a la cocina, bañada de luz por algunas rendijas y la puerta abierta; todavía está el enorme moledero donde molían el maíz, el fogón al fondo, en la esquina izquierda y a un metro, un espacio para lavar los platos con saliente al patio. Encuentro muy pequeña la cocina, cuatro por cinco metros a lo sumo.

El techo, ahora de zinc (no como antaño que fue hecho con trozos de madero negro) ha sido cambiado en innumerables ocasiones.

En torno a la casona pueden apreciarse tres patios. Al frente, desde el camino, hay unos treinta metros, al otro lado del camino a unos cincuenta metros se ve venir el río El Zapote, endeble ahora, a causa de la sequía que azota la zona o quizá por los embrujos que les echaron a esas tierras, como decía José Andrés.

Al costado izquierdo, unos árboles de mango refrescan la casona y se extiende el patio unos cincuenta metros antes de empezar un charral. En la parte trasera se inclina el terreno hacia la maleza donde a los cien metros se internó Claudina con sus dos florcitas en la mano. En la parte derecha está el corral, capaz de mantener en encierro a unas cincuenta cabezas de ganado.

Me quedo mirando hasta aquellos años y un ato empieza a entrar por el enorme portón que da al camino. El toro tratando de saltar algunas vacas y dos sabaneros desconocidos detrás. Una que otra vaca se reúsa a entrar, pero uno de los peones la devuelve al redil.

Al fondo una manga por donde pasaban el ganado, lo curaban y bañaban contra garrapatas y gusanos. En esa manga un caballo estrujó a José Andrés hasta dejarlo lisiado para siempre. Su abuelo le había dicho que sacara su caballo negro de la manga pues ya lo habían bañado contra las garrapatas.

Era un caballo mañoso, que solía morder a los chicos o niñas cuando se le acercaban, solo a los mayores respetaba.

José Andrés se montó a la manga para amarrarlo sin peligro, pero resbaló y cayó sobre el cuello del caballo, este al saltar, lo tiró al suelo. Se deslizó el chico, agarrándose de la crin y el animal lo prensó contra los barandales...

Ya fue suficiente, decido marcharme de la casona, pero mi caballo, amarrado desde hacía dos horas bajo un matapalo, ha desaparecido.

www.ingramcontent.com/pod-product-compliance
Lightning Source LLC
La Vergne TN
LVHW041152150826
845673LV00001B/140
9798371339782